Roberta Franz e Giuseppe De Renzi

La lavatrice di Cleva

MNAMON

Nessuno aveva mai lavato un reggiseno così. Il laboratorio della ditta Hif ci stava provando.

"Come è andato l'esperimento con la materia SX?" domandava Gig. Aveva deciso lui di utilizzare il reggiseno poiché, desiderio sia degli uomini che delle donne, nel corso della sua storia è stato sviluppato in maniera tale da essere la sintesi di tutte le materie che gli utenti indossano, così da esplicitare il desiderio tra i due sessi. Gig era un uomo dalle capacità analitiche, dallo sguardo acuto, sembrava analizzasse ogni cosa che guardava. Una volta aveva osservato il laboratorio dall'alto di una delle colline della valle in cui si trovava e aveva notato che formava un triangolo equilatero con due di queste colline. Il laboratorio era il cuore della ditta Hif, produttrice di elettrodomestici: lì nascevano i prodotti migliori che andavano sul mercato.

"L'ho lavato in WM-R: è rimasto un alone della macchia. Dobbiamo rifare il calcolo della radioattività." Linda ci teneva che il prototipo fosse perfetto. Capo del progetto, era una donna ambiziosa che vedeva nel suo ruolo il potere dell'offerta sulla domanda. Con i suoi esperimenti avrebbe sviscerato la domanda e avrebbe proposto un prototipo che tutti avrebbero chiesto.

Ogni corpo fisico emette una radiazione propria. Il prototipo utilizzava la radioattività dell'alluminio che nella rotazione a velocità superiore a quella della luce trasformava la sua struttura atomica, cambiando radioattività. Questa era in grado di disintegrare la struttura atomica di qualsiasi materia non facente parte di quella che gli uomini e le donne indossavano. "Ci penso io al calcolo". Rik, uomo cerebrale, la cui onda della mente gestiva sempre quella dell'Io, era forte nei calcoli ma mentre rilevava la radiazione del cestello di alluminio in rotazione e la calcolava, un'onda elettromagnetica scaturiva dalla radiazione e scappava dal laboratorio. "C'è qualcosa che non va, il sistema di calcolo non rileva più l'onda della radiazione". Rik era preoccupato. "Vado a verificare se è successo qualcosa al prototipo", Gig si voltava: il prototipo non era più al suo posto. "Dov'è? È sparito!". "Prendiamo la pistola Wave" suggeriva Linda. Gig analizzava lo spazio dove sarebbe dovuta stare la lavatrice e sparava una luce bianca, cioè una luce con lunghezza d'onda lunga, ampiezza metà della lunghezza d'onda e frequenza 9Hz. La pistola calcolava i differenziali con le onde presenti nello spazio e Gig scopriva l'ultra-ultra violetto del cestello nell'interazione con la scrivania. Questo infatti era l'onda della materia della luce, configurazione fotonica esistente tra i corpi fisici, generata dall'energia della struttura atomica della materia dei corpi. Infatti, gli atomi sono legati fra loro in una struttura da cariche elettromagnetiche. Si chiama "materia della luce" perché la configurazione è la struttura principale della luce, che tiene assieme i fotoni disaggregati. Il prototipo era stato smaterializzato con un input che smagliava il reticolo a cui erano agganciati i fotoni, lasciandolo tendere all'infinito, in modo che la dimensione della configurazione dei fotoni del prototipo tendesse all'infinito.

Quella "cosa" non mi piace. Cleva invece l'adora, ma non capisco perché. Appena è apparsa ho pensato che sarebbero arrivate subito delle sventure. Ogni volta che arriva qualcosa, su questa isola accade qualcosa di terribile. Un giorno è piovuta una lanugine bianca, fredda, soffice, e l'isola ha cominciato ad eruttare fuoco! Un giorno giunge dal mare un tronco d'albero a forma di serpente e si scatena il terremoto. Un giorno viene a morire sulla spiaggia un branco di delfini e le donne del villaggio smettono di rimanere incinte e di partorire, finché non hanno deciso tutti di andarsene. Questa isola è vuota, adesso. Ci siamo soltanto io e Cleva. Proprio non sono riuscito a convincerla. È una testa dura, quella lì. L'isola del fuoco, la chiamavano gli uomini quando c'era ancora il villaggio, ma a Cleva quel nome non è mai piaciuto. Lei la nostra isola, la nostra casa, la chiama l'isola del vento. Ed in effetti un po' è vero. Su questa isola tira sempre il vento, a volte un po' più leggero e a volte così forte che non si può né pescare né fare niente.
Per amore di Cleva io sono rimasto. Del resto non saprei dove andare, altrimenti. Sono nato qui e non ho voglia di

attraversare il mare come i miei altri compagni di un tempo. Qui ho tutto, e ho Cleva. Che cosa dovrei desiderare di più?

Ma quando è arrivata quella cosa lì mi sono allarmato. Io ne ho paura, non ho timore a dirlo. Tanto nessuno può sentirmi. Non è un animale, e sta sempre ferma. Non succede nulla, è vero, ma non mi fido. Ha quel grande occhio al centro, che ci guarda mezzo aperto, ma non fa mai un solo verso. Ha una specie di palpebra che si apre e chiude non dall'alto in basso ma di lato come se fosse la porticina della nostra capanna... È... è... un mostro! L'ho percossa con la punta di un bastone, ma lei non ha fatto una piega. È una bestia senz'anima.

Appena l'ho trovata ho pensato ad una specie di altare di pietra lasciato dai miei antenati, ma quando l'ho toccata ho avuto una strana sensazione. Non avevo mai visto una pietra così. È liscia e strana. È una pietra fredda se fa freddo, e calda se fa caldo. È completamente bianca, tranne il suo grande occhio, che è come il colore dell'argento.

Cleva ne va matta. Quella non ha paura di niente, e anzi un giorno ha infilato la testa dentro l'occhio del mostro. Si è inginocchiata davanti a lui e ha infilato la testa nell'occhio!!!

Pazza, che fai??!! Le ho gridato e l'ho presa dalle terga per tirarla via, ma quella vipera di donna si è voltata arrabbiata contro di me e quasi mi ha rincorso per tutto il sentiero con un ramo in mano per percuotermi...

Il giorno dopo lo ha rifatto. Io sono rimasto a guardarla, senza avvicinarmi e Cleva invece ha cominciato a parlare con la testa dentro l'occhio della cosa. La sua voce rimbombava, e lei si divertiva un mondo. Sembrava una bambina. Ha addirittura provato a cantare una specie di ninna nanna al mostro, per vedere l'effetto che fa. Ma non è successo niente.

Poi, un giorno, Cleva ha messo la testa dentro e ha urlato! Io sono accorso subito, temendo che il mostro le avesse mangiato un orecchio o peggio, come prevedevo, ma lei ha tirato fuori la testa tutta intera, tremando come una foglia. Mi ha indicato l'occhio del mostro e mi ha incitato a mettere la testa anche io dentro.

Nemmeno se fossi colpito da un fulmine! No, e poi no!! Questo le ho detto.

Cleva allora mi si avvicina e mi dice:

"C'è qualcosa, là dentro. Ed è vivo!"

"Come sarebbe a dire vivo??", rispondo io.

"Non lo so, ma c'è una cosa strana lì dentro! Appena l'ho presa mi si è avvolta attorno alla mano! Guarda tu!"

"Un serpente! Sicuramente è un serpente! Ti ha morso??" dico io.

"No... non mi ha morso nulla, anzi... mi è sembrata morbida..."

Io ho scosso la testa, e ho detto: "Basta. Non mi piace. Prendiamola e buttiamola a mare".

"Neanche per sogno! L'isola me l'ha data e io me la tengo! Questa è la mia isola. Tutto quello che c'è qui è mio!", mi ha sibilato.

E va bene. Ho pensato che tanto di serpenti qui ce ne sono abbastanza, uno in più o uno in meno non cambia nulla.

Mi sono fasciato ben bene la mano e il braccio con una pezza e li ho infilati nell'occhio argenteo del mostro. Appena ho preso il serpente l'ho tirato fuori e l'ho alzato per aria per farlo vedere a Cleva.

"È questo?", le ho detto.

Lei ha fatto cenno di sì con la testa.

Certo che come serpente è proprio strano. Ha due gobbe lungo la pancia, ma la testa e la coda sono sottili e piatte. Mai visto un serpente così. No, non mi convince per nulla. Lo so che prima o poi accadrà qualcosa di brutto, su quest'isola.

Nel laboratorio della ditta Hif c'era solo una traccia del prototipo, ma la macchina era sparita. "Avete un'idea per rintracciarla?" domandava Linda a Gig e Rik. Gig analizzava i dati nel sistema di calcolo e Rik definiva l'onda astratta della radiazione dell'alluminio. "È scappata dal laboratorio, dev'essere stata attratta da un'altra onda" – sostenevano Gig e Rik "Proviamo a rintracciarla utilizzando il calcolo differenziale dell'onda astratta con le onde della rete terrestre nel momento della fuga". "Il sistema ci restituisce un segnale!" esclamava Gig.

"Fredo!, si può sapere che razza di bestia è??"

"Hai detto qualcosa, Linda?", Gig e Rik si voltavano verso di lei. Linda era costernata.

Aveva sentito anche lei la frase ed era una voce femminile. "Non sono io!" rispondeva.

"Che cos'è?!" domandava Gig preoccupato.

"Non lo so, sembra un serpente"

"È una voce ma non capisco da dove viene!" esclamava Rik.

"Portala qui!!!!! Fammela vedere!! È viva o morta???" domanda Cleva a Fredo.

"Sembra morta… Vieni qui, guarda! Tu hai mai visto una roba simile al villaggio???". Cleva si avvicina alla porticina dell'occhio del mostro e prende la bestia, che non si muove. Lei l'annusa, se la passa sulle labbra, e la trova profumata e morbida.

"È come un fiore!!!", dice Cleva.

"Un fiore? Come un fiore????" domandava Linda.

Fredo si volta verso il mostro e si discosta impaurito.

"Il mostro parla, Cleva!"

"Ma va, fifone! Ci ho messo la testa dentro, e non c'era niente! Come fa a parlare??"

"Ti dico che parla! Ho sentito una donna che ripeteva le tue parole!"

Cleva si avvicina a Fredo, lo scansa, e si inginocchia di nuovo davanti al mostro. Ha in una mano ancora il suo serpente, e mostra le sue belle terga al compagno, che le fissa inebetito dal coraggio della donna.

"Ha proprio due belle terga" pensa tra sé Fredo mentre Cleva ha la testa dentro il mostro.

"La voce viene da dentro la testa, Linda!" Gig aveva capito.

"Non mi chiamo Linda e la voce viene da dentro il mostro".

Linda con un cenno comunicava a Gig e Rik che ci avrebbe parlato lei.

"Che mostro è?"

"Non so, non si muove ma parla".

"Non si muove perché dorme?"

"No no, abbiamo provato a percuoterlo ma sta sempre fermo".

"Come è fatto?"

"Ha un grande occhio al centro che posso aprire e chiudere".

"Che fa quando lo apri?"

"Niente, sta fermo, solo che una volta ci ho messo una mano dentro e ho trovato una cosa".

"Cosa hai trovato?"

"Non so, profuma come un fiore.

"E come è fatto?"

"È sottile ma ha due gobbe".

"Come sono le gobbe?"

"Le gobbe sono uguali".

"E quanto sono grandi?"

"Un po' più grandi della mia mano".

"Ce la puoi mettere dentro?"

"Si. Lo sai che anch'io ho due gobbe sul corpo?"

"Se ci penso anch'io le ho".

"Se metto le mie due gobbe dentro la cosa…"

"Le tue gobbe ci entrano!"

"Perfettamente!"

"Prova a infilare le braccia dentro… quelle due "cose sottili"

"Aspetta un attimo… Ecco!"

"Ora aggancialo dietro la schiena".

"E come faccio?… Fredoooooo!!!!"

Io sono accorso subito. Ho sentito Cleva chiamarmi e sono corso da lei.
"Cosa c'è?? Un altro serpente??", le dico.
Lei tira fuori la testa da quella stupida cosa e si drizza davanti a me tutta fiera, con le gobbe del mostro che aderiscono alle sue mammelle…
Spaventato, faccio per strappargliele dalla pelle, ma lei mi ringhia contro, nemmeno fossero un diadema regalatole dal capo tribù in persona!
"Lasciale stare, zoticone! Devi legarmele dietro le spalle, non togliermele!", mi grida.
"Come sarebbe, legartele?", dico io.
"Me l'ha detto la Dea! Devi agganciarmele dietro le spalle…"
La… DEA??? Non capisco. Secondo me Cleva ha preso un po' troppo sole in testa, oggi.
Passi per il mostro con l'occhio che si apre e si chiude, va bene anche per il serpente con le gobbe al profumo di fiore, ma che ora mi venga a dire che parla anche con le dee proprio no! Non ci sto! Mi prende per scemo? Io sono solo un povero pescatore e un contadino a tempo perso, ho le mani corrose dal sale, la pelle indistinguibile dal colore delle aragoste, ma a me non la dà a bere!
"E allora? Ti sbrighi o devo stare qua a cuocermi al sole?", incalza lei, e senza darmi il tempo di dire niente si gira e mi volta le spalle, tenendo su in mano la testa e la coda del serpente…

"Che… che devo fare?", dico.

E lei, paziente: "Devi a-g-g-a-n-c-i-a-r-m-i il serpente della Dea dietro le spalle!"

Ho le dita ruvide, io, e i miei polpastrelli non avvertono quasi più niente. Non è che sia molto facile, fare quello che vuole Cleva! Comunque, alla fine ci riesco, non so come…

"Come mi sta??", mi dice entusiasta lei voltandosi di nuovo verso di me…

Io la guardo, e non so che pensare. Le ho sempre visto le mammelle nude, e ora invece sono nascoste. Sembrano più grandi, però, non so perché…

"Mi… piaci!", le dico.

Cleva sorride.

"Dici davvero??"

"Beh… sì… davvero. Ma a che servono?? Come farai a dare il latte ai bambini, adesso?"

"Non ho bambini", mi ricorda.

E a quel punto mi viene un brutto presentimento: "Ma allora nemmeno io potrò più succhiarti le mammelle?"

Cleva ci pensa un po' su, come se un pensiero improvviso avesse fulminato anche lei…

"Beh, oddio, questo non lo so… Devo chiederlo alla Dea…"

Tor era uno stagista del laboratorio Hif, dai modi gentili, disponibile ad occuparsi di qualsiasi cosa fosse nelle sue capacità, specializzato in quantistica ma si occupava anche di portare i caffè a coloro che lavoravano nel laboratorio, Gig, Rik e Linda. "Grazie Tor, stai qui con noi, prendiamoci una pausa", interloquiva Linda. "E così il prototipo è sparito", diceva Tor, mentre sorseggiava il suo caffè. "Non sappiamo come sia possibile", si nascondeva Gig. Intanto Linda versava lo zucchero dentro il suo caffè e scopriva che sulla bustina c'era scritto qualcosa: "Vediamoci stasera al Rendez-Vous. Alle 21.00". Tra Tor e Linda c'era sempre stata una simpatia, fin da quando Tor, sei mesi prima, era arrivato alla ditta Hif e con un'osservazione sull'alluminio era stato assegnato al laboratorio di ricerca. In quell'occasione Linda aveva sentito un'affinità intellettuale con lui e da quella osservazione Linda aveva avuto l'idea del prototipo. Ora Tor esplicitava ciò che c'era fra loro con un invito a cena. Linda nascondeva la bustina di zucchero in tasca mentre lanciava un'occhiata d'intesa a Tor.

Il Rendez-Vous era più affollato del solito. Linda entrava nel locale guardandosi intorno: erano appena le nove e non sapeva se avrebbe trovato già Tor. Un cameriere le si avvicinava: "La signorina Linda? Prego, da questa parte". Tor era arrivato in anticipo per aspettarla.

"E così eccoci qui", diceva Linda mentre si accomodava al tavolo.

"Sono contento che tu abbia accettato il mio invito, Linda".

Linda gli sorrideva e in cuor suo già sperava che ci potesse essere un altro incontro.

"L'osservazione che tu facesti sull'alluminio è stata importante per il progetto WM-R, sai?"

"Sì, dissi che l'alluminio ha un'energia diversa da tutti quanti gli altri metalli.

"Esatto".

"Non mi fate accedere alla stanza del prototipo ma ho capito di che si tratta".

"Ah, sì?".

"Avete parlato di macchie da eliminare: si tratta di una lavatrice?".

"Ci hai preso Tor, è una lavatrice, ma non ti dico di più".

"Sai che stai proprio bene stasera? Sei più femminile di come sei al lavoro".

"La mia femminilità è qualcosa che esplicito solo in talune occasioni".

Tor le restituiva l'occhiata e gli sguardi si facevano più intimi.

"Ma come ha fatto la lavatrice a sparire?"

"Non lo sappiamo"

"Avete qualche dato?"

"No."

"Ma lo sai che la tua gentilezza mi colpisce?", si esprimeva Linda, mentre Tor prendeva un fiore dal vaso sul tavolo e con un pennarello scriveva il nome di lei sui petali.

"Senti Linda, a me questa storia della lavatrice sparita mi appassiona. Io però penso che la lavatrice non sia sparita, in realtà…"

"Che cosa vuoi dire? La lavatrice è sparita!"

"Secondo me state montando la storia per una questione di marketing".

"Ma se non lo sa nessuno!"

"Prima o poi lo scopriranno. E comunque se la storia non è montata qualche dato dovete pur averlo".

"Il dato è che la lavatrice è sparita!"

"Si ma lo dite voi, non c'è scritto da nessuna parte. Secondo me avete nascosto la lavatrice".

"Sono informazioni riservate".

"Quindi i dati esistono ma sono riservati?"

Linda fa per alzarsi ma Tor la trattiene per un braccio, gentilmente, e la invita a risedersi.

"Non posso continuare su questo argomento, finiamo la serata da qualche altra parte?"

La Dea non risponde… Cleva rimane nel dubbio se togliersi il serpente di dosso oppure no. Se lo toglie teme che poi la Dea si arrabbi e che non la ritenga più degna dei suoi favori. Io mi avvicino, ma lei mi grugnisce contro come un cinghiale femmina che difende la sua tana. Niente… non ci riesco. Finché la Dea non le dirà cosa fare, temo che dovrò rinunciare a succhiare le mammelle di Cleva, come facevo sempre. Però mi viene un'idea.

"Senti Cleva, perché non ti metti come quando la Dea ti ha parlato per la prima volta?"

Cleva mi guarda sospettosa.

"Con la testa nell'occhio del mostro?"

"Beh, magari non è proprio un mostro… In fondo non ti ha mangiata, né portata via…"

"Giusto! Vero... Non è poi una cosa così mostruosa..."

"Chiamiamolo in un altro modo...", propongo io.

"E come?"

"Chiamiamolo... l'altare del desiderio???", dico io.

Cleva ci riflette un po' su.

"Del... desiderio??", mi ringhia, per nulla convinta.

"Sì! Io penso che se farai quello che ti dice la Dea potrai ottenere tutto quello che desideri!"

"Ah, dici davvero??", mi domanda, solleticata dalla mia idea.

Cleva è una donna molto curiosa, e sempre pronta a sperimentare nuove cose. So come prenderla. Sono felice che tra tutte le donne del villaggio l'unica che sia rimasta qui sia stata lei. Non lo so se lo ha fatto per me, ma sono contento che lei abbia scelto di restare qui con me, invece di andare via dall'isola. Cleva è la donna più coraggiosa che abbia mai conosciuto.

"Beh, forse hai ragione, Fredo! Andiamo di nuovo all'altare, così chiederò alla Dea se posso esprimere un desiderio...

"No, Cleva, aspetta... Ormai è quasi il tramonto! Si sta facendo buio. Restiamo qui. Accendiamo un bel fuoco nella nostra cavernetta, tu ti inginocchi per terra come se fossi davanti all'altare, e fai finta di mettere la testa dentro. Ti ricordi come è successo che il serpente è comparso? Tu stavi inginocchiata e io stavo dietro di te. Magari la Dea ci esaudisce lo stesso..."

Il silenzio cala improvvisamente tra noi due. Non avevo mai azzardato una cosa simile con lei. Forse ho osato troppo, penso. Ora si arrabbia, diventa furiosa e mi caccia fuori *della cavernetta, come è già successo un sacco di altre volte. Non le conto più le notti che ho dormito al freddo, fuori! Invece no. Questa volta è diverso. A Cleva sembra che questo nuovo gioco le piaccia. Mi sorride, poi si volta, si inginocchia e appoggia la testa a terra, come se l'avesse messa dentro l'occhio del mostro… Ah no! Volevo dire dell'altare. "Però, Fredo, non provare a togliermi il serpente della Dea di dosso. Non ci provare nemmeno o ti ammazzo!"*

Intanto sull'isola del vento un'onda elettromagnetica collideva con un'onda di risonanza elettromagnetica terrestre, proprio nel punto dove si trovava il prototipo, che si spostava di qualche metro finendo in un piccolo fiume.

"Ho ripreso il segnale" riferiva Gig a Rik e Linda, mentre cercava di mettersi in contatto con la lavatrice. "Il prototipo però ci rinvia un segnale diverso. Aspetta… si è spostato!"

Appena sveglio, la mattina dopo, Fredo non trova Cleva accanto a sé. Si alza di scatto, temendo il peggio, si rimette il suo mantello di pelli di capra sulle spalle ed esce dalla caverna. Corre a perdifiato verso il luogo dov'era l'altare, sperando di trovarla lì. Fredo teme di perderla, prima o poi. Tutte le donne se ne sono andate, anzi: se ne è andato tutto il villaggio, mentre Cleva è rimasta. Perché? Se lo era chiesto sempre, e ogni volta non sapeva darsene una ragione. Lui sa perché non se ne è andato. A lui quell'isola sembra il paradiso. Lui non se ne sarebbe andato mai da lì. Sa pescare, ha imparato a coltivare la poca terra fertile che c'è a disposizione e ha cominciato perfino ad essere capace di allevare gli animali. Una ragazza come Cleva gli serve, l'aiuta molto, ma non è per quello che ha timore che un giorno anche lei decida di farsi portare via dall'isola del vento. Il fatto è che Cleva è bella. Ma non solo. Cleva è anche molto astuta, attenta e intelligente. Fredo la considera molto più intelligente di lui, ma avverte nei suoi riguardi anche un sentimento diverso. Fredo pensa che Cleva sia un essere più intelligente degli Dei e soprattutto che sia molto curiosa, ma proprio per questo ha paura che possa essere preda dell'ira di qualcuno di essi. Gli Dei si sa come sono fatti. Sono strani, irascibili, incomprensibili. Fredo per sua natura non sarebbe mai andato contro nessuno di essi, ma è pronto a fare qualunque cosa per difendere Cleva. Che ci provassero, gli Dei, a torcerle un solo capello! Se la sarebbero vista con l'ira del pescatore dell'isola del vento!

Mille di questi pensieri si agitano in lui, mentre corre lungo il pendio su cui era comparso l'altare della Dea Serpente, già pronto a distruggerlo e a farlo a pezzi se non avesse trovato più Cleva.

Quando arriva sul cucuzzolo del pendio, impallidisce. Non solo Cleva non c'è, ma è sparito anche l'altare stesso!

"Maledetta Dea! Me l'hai portata via!" urla, pazzo di dolore.

Si volta a guardare attorno a sé, senza sapere bene cosa fare, ma all'improvviso vede la figura della donna, seminascosta dall'erba, non molto distante da dove si trova lui.

È china per terra, in ginocchio, e si vedono le sue braccia distese lungo i fianchi. La testa, però, non riesce proprio a scorgerla.

Sa cosa sta facendo.

Fredo scuote il capo, ma benedice il bel deretano che la donna gli mostra. Grazie agli Dei, è ancora viva, e anzi in quel momento sta proprio parlando con la Dea del serpente: lo deduce dalla sua posizione accovacciata. Di sicuro Cleva ha spostato l'altare e ci ha messo la testa dentro, come fa sempre.

Ma come ha fatto, Cleva, a spostare l'altare? E perché lo ha portato proprio vicino al fiume? Forse la Dea ha bisogno di abitare vicino all'acqua?

Senza sapersi dare risposte, Fredo si incammina rincuorato verso Cleva, e quando le arriva accanto l'ammira di nuovo per il suo coraggio.

"Stai bene Cleva?", le chiede.

Lei tira fuori la testa dall'altare e lo guarda gioiosa.

"Sì! Certo che sto bene!"

"È stata la Dea a dirti di spostare il suo altare?", chiede di nuovo Fredo.

"No. Come avrei fatto a portarla da sola fin qui, secondo te?"

"E allora chi è stato?"

"Non lo so. Forse è venuta la Dea stessa durante la notte e l'ha spostata qui sul fiume…"

"E perché mai lo avrebbe fatto?", insiste Fredo, un po' preoccupato.

"È proprio quello che sto cercando di sapere, tontolone. Ma se continui a parlare non riesco a sentire niente!"

"Ah, perché, la Dea ti sta parlando in questo momento?"

"Sì, mi sembra di sì, ma non capisco nulla. Sento la sua voce che dice cose incomprensibili. Parla di onde, di segnali… non so. Forse sta parlando agli altri Dei!"

"Può essere pericoloso, Cleva. Forse gli altri Dei si stanno arrabbiando perché tu stai parlando con uno di loro. Può essere molto pericoloso. Vuoi che infili io la testa nell'altare per cercare di sentire cosa vogliono?", si offre ingenuamente Fredo, mosso dai più amorevoli sentimenti.

Cleva invece si ingrugnisce, come fa di solito quando qualcosa le fa saltare la mosca al naso.

"No! Tu non metti la testa proprio dentro a niente! L'altare l'ho scoperto io, e la Dea vuole parlare solo con me! È a me che ha dato il serpente, ricordatelo!"

Fredo la guarda un po' perplesso, ma nonostante tutto la trova sempre più adorabile. Non avrebbe barattato quella donna per niente al mondo.

"Ti faccio presente, amor mio, che sono stato io ad estrarre il serpente fuori dall'altare. Tu te l'eri svignata impaurita, ricordi?"

Cleva allora si alza, gli si pone davanti e drizza la schiena e le spalle sotto i suoi occhi.

"E queste gobbe, allora? Guarda come le gobbe del serpente aderiscono perfettamente a me! E ora, dimmi: la Dea lo ha donato a me, il suo serpente, o a te?", dice senza il più vago senso di malizia.

Fredo ammutolisce, e la guarda senza fiatare.
Cleva, invece, sente una calda sensazione al cuore, che la investe come se le avessero avvolto le gobbe nel fuoco. È la prima volta che sente Fredo chiamarla "amor mio", e prova una strano compiacimento.

"Riesci a identificare la posizione?", domandava Linda a Gig. "No, rilevo un'energia, però… È quella della materia SX, ma non è la sua energia fisica: è l'energia eterea che scambia con il corpo della donna con cui hai parlato! Dunque non riusciamo a identificare la posizione della lavatrice ma quella del reggiseno sì."

Intanto Cleva mette la testa dentro la lavatrice per parlare con la Dea: "C'è nessunooooo!!?"
"Ciao" rispondeva Linda. "Sai che non so ancora come ti chiami?"
"Mi chiamo Cleva. Senti Dea, Fredo vuole che io tolga questo serpente dalle mie mammelle, ma io non so che fare…"
"Non toglierlo mai per nessun motivo, è importante che tu l'abbia sempre con te".
"Grazie Dea! Farò come tu dici".

"Come sarebbe a dire che non puoi più toglierti quell'affare di dosso?", strepita Fredo.
"Niente da fare. Me lo ha detto la Dea".
Fredo la guarda, interdetto, ma la sua rabbia sta cominciando a salire.

Cleva intanto si aggira nella capanna come se niente fosse, mostrando con orgoglio i suoi seni trattenuti e gonfiati a meraviglia dall'indumento arrivato dal cielo.

"Senti, Cleva – cerca di ammansirla Fredo: durante il giorno è anche bello che tu porti il serpente della dea, ma almeno la notte non potresti toglierlo? Non è scomodo dormire con quel coso che ti stringe i capezzoli?"

Cleva si volta e si avvicina a Fredo drizzando il busto e inarcando apposta la schiena per sbattergli sotto gli occhi le sue coppe di pizzo rosa.

"E tu chi sei per dirmi cosa devo o non devo fare? Sei forse più importante tu della mia Dea?", gli dice per sfidarlo.

Fredo però non arretra di un passo. Questa storia dell'altare parlante sta cominciando a turbare seriamente il suo equilibrio mentale e ormonale, ma quello che soprattutto comprende benissimo che Cleva è ormai in preda di un incantesimo. Qualcuno sta rubando la sua donna, l'unica rimasta sull'isola accanto a lui, e questo – lui – non può permetterlo.

"Di notte la tua Dea sta sempre zitta, lo hai notato? Lei ti parla sempre e solo di giorno. Di notte io dico che a lei non serve che tu tenga i seni coperti. Se lo levi adesso vedrai che non succede niente", la blandisce.

Cleva aggrotta le sopracciglia. Quello che Fredo le sta dicendo le sembra sensato. Anche le Dee vanno a dormire, di notte?, pensa tra sé.

"Va bene, Fredo. Mi hai convinta…", dice lei.

A Fredo sembra di non credere alle sue orecchie! Cleva si è convinta a togliersi il serpente della Dea! Gli sta già quasi venendo l'acquolina in bocca pregustando il momento in cui Cleva se lo leverà e gli permetterà di nuovo di fargli succhiare le sue giovani mammelle, quando lei lo raggela di nuovo.

"Faremo come dici tu. Domani andrò a parlare con la Dea e le chiederò se di notte lo posso togliere."

"Domani??", si sorprende Fredo, preso in contropiede.

"Sì, ho detto domani! Nel dubbio è meglio aspettare...", risponde Cleva con voce ferma e decisa.

Fredo, ormai preso dal desiderio, allunga una mano verso la sua donna e fa per afferrare il reggiseno all'altezza del laccetto che tiene unite le due coppe davanti.

"Dammi questo coso", le dice rabbioso.

Cleva fa un passo indietro, portando le mani al petto e incrociando le braccia come per proteggerlo.

"Non ti azzardare, Fredo!", gli ringhia contro.

Fredo però insiste. Ormai ha preso il reggiseno in mano e fa per strapparglielo di dosso.

Cleva si divincola, e con l'altra mano gli graffia il viso.

Fredo, sempre più confuso e stupito dalla reazione furiosa della ragazza barcolla un po' malfermo sulle gambe, ma poi le si getta di nuovo addosso.

"Maledetto il giorno in cui quell'altare è arrivato qui!", ruggisce.

"Non ti avvicinare! Vai fuori!", gli urla lei di rimando.

"Questa è casa mia. Io non esco proprio per niente. E tu adesso mi darai quel coso!"

"Non chiamarlo 'coso'! Questo è il simbolo della vita della Dea!"

"Della vita, dici? Secondo me la Dea ti sta prendendo solo in giro!, strepita ancora lui, non sapendo più che fare.

"Ti ho detto di andare fuori!", gli urla più forte Cleva, che non vuole sentire ragioni.

L'uomo, incredulo, fa per avvicinarsi a lei, minaccioso, ma la sua donna lo sta guardando dritto negli occhi, facendogli chiaramente capire che è disposta a tutto per difendersi.

"Vai fuori!!", gli ripete in faccia per la terza volta.

Fredo a quel punto capisce. Non riuscirà mai a convincerla a togliersi quel feticcio dal petto. Cleva è una donna testarda. Non è lei che deve convincere, ma la Dea.

L'uomo la guarda ancora una volta, malinconicamente, poi si volta ed esce dalla sua capanna.

Si guardava intorno facendo attenzione che non ci fosse nessuno che la conoscesse. Linda si intrufolava nel locale raggiungendo il tavolo prenotato per due. Trovava eccitante avere un amante segreto, era per lei come raccogliere una conchiglia prima che la risacca la porti via. Guardava l'orologio, era arrivata cinque minuti in anticipo, non ci aveva impiegato molto tempo a scegliere il suo vestito preferito, non vedeva l'ora di uscire dopo una lunga giornata di lavoro. L'attesa le piaceva, le sembrava come quando era bambina e aspettava il giorno del suo compleanno per scartare i regali.

"Spero tu non abbia aspettato molto", le diceva Tor sedendosi al tavolo.

Linda si apriva in un sorriso, vedendolo. "Sono arrivata in anticipo, è un piacere attenderti."

La coppia si teneva per mano, ma mentre il cameriere giungeva per servirli Linda faceva il gesto di allontanarsi. Tor però la teneva stretta. Ordinavano una buona bottiglia di vino e gamberi in salsa di bambù, ottenuta facendo macerare la pianta dopo che è stata tenuta in vaso per sei mesi. A seguire, collo di giraffa per due allo spiedo.

"Come va il lavoro?", interloquiva Tor.

"La sparizione della lavatrice ci sta facendo diventare matti", rispondeva Linda.

"Continui a dire che è sparita. Per me un giorno o l'altro i media si accaniranno sulla faccenda".

"Per il momento è una questione riservata."

"Ok è sparita, ma siete riusciti a capire dove sia?"

"Abbiamo rilevato un segnale ma purtroppo non è quello della lavatrice…"

"E di cosa si tratta?"

"Del reggiseno, in realtà"

"Del reggiseno? E com'è possibile?"

"In pratica si tratta dell'energia eterea scambiata con la donna che lo indossa."

"E non sai chi sia?"

"Ci ho parlato telepaticamente, ma non so di chi si tratti."

"Telepaticamente????"

"Sì, esatto, sembra fantascienza ma la voce mi arrivava dritta nella testa."

"Mmmh… E così non riuscite a identificare la posizione. Continuo a non crederci…"

"Fa come vuoi, ma le cose stanno esattamente così."

Lo squillo di una telefonata sul pc-phone di Linda interrompeva la conversazione.

"Pronto?"

"Sì, pronto, la chiamo da Bravo Daily, siamo al corrente della sparizione del prototipo di una lavatrice di vostra produzione. Come ha fatto a sparire? Siete sulle sue tracce?"

Linda restava con il pc-phone in mano a bocca aperta, guardando Tor con sospetto.

La mattina, Cleva trova Fredo davanti la caverna, che sta zappando l'orto di lenticchie. Sono molto buone, le lenticchie sulla loro isola. Sono piccolissime, quasi minuscole, ma sul fuoco non si ammassano, restano come divise una dall'altra, morbide e dure allo stesso tempo. Deliziose.

A Cleva piacciono molto, ma questa mattina non le va di parlare di lenticchie.

"Ciao, Fredo!", lo chiama.

Fredo raddrizza la schiena, le sorride, la saluta come se niente fosse accaduto tra loro.

Invece qualcosa è accaduto eccome.! È stata la prima volta che Cleva e Fredo hanno litigato.

Cleva cerca di sorridergli a sua volta, riavendosi come da un brutto sogno. Avverte ancora un certo torpore nella mente e nel cuore, e quell'uomo ora gli sembra diverso da come lo ha sempre visto. È un bell'uomo, e stamattina sembra di nuovo mansueto come sempre. Sta lavorando, come sempre, le sorride come sempre, ma Cleva lo vede diverso.

Istintivamente, come ricordando il motivo del loro furioso litigio della notte precedente, Cleva porta la mano ad una coppa del reggiseno. È ancora lì, intessuto quasi sul suo seno, rassicurante, ma ugualmente sente come una morsa stringerle il petto.

"Come stai, Fredo?", gli chiede.

"Io bene, e tu?", risponde l'uomo. Il suo unico uomo. Il solo uomo che sia rimasto con lei sull'isola.

Cleva si guarda attorno. Scorge le braci di un fuoco ormai spento. Fredo per passare la notte ha bruciato qualcosa.

Cleva si sente morire. Che abbia bruciato l'altare della Dea???

Senza farsene accorgere, Cleva si avvicina al fuoco e controlla con la punta del piede cosa vi sia rimasto tra la cenere.

Fredo la guarda, smette di zappare le sue pianticine di lenticchie e le si avvicina. Non l'abbraccia, però.

"Sei ancora arrabbiato con me?", gli chiede Cleva.

Fredo non le risponde e fa una alzata di spalle come per dire: non importa...

Ma Cleva non gli crede. Non vede niente di particolare tra le braci del fuoco che Fredo ha consumato nella notte. Ci sono solo mozziconi di legno e rami d'albero. Nulla che faccia pensare all'altare della Dea, però chi può dire di cosa fosse davvero fatto, quell'altare arrivato dal cielo?

Cleva prova a cercare in giro con lo sguardo, ma non vede nulla, solo mare, boschi, cielo azzurro… e Fredo.

"Dov'è?", gli chiede.

"Dov'è cosa?", gli risponde lui.

"Lo sai. L'altare. Dov'è l'altare?"

"Ma quale altare??", dice Fredo con noncuranza.

Cleva trattiene a stento le lacrime. Fredo sa benissimo dov'è, ma ce l'ha con lei e non vuole dirglielo.

Cleva non sa se è più furiosa con lui perché le nasconde la verità o se è furiosa con se stessa per averlo cacciato in malo modo la sera prima. Non è stato carino trascorrere la notte da sola al freddo nella caverna. Però è orgogliosa, Cleva. Non può di certo farglielo vedere, che è triste. Ricaccia le lacrime dentro di sé e fa per andarsene.

"Dove vai?!", le chiede Fredo.

"Dalla mia Dea!", risponde lei con stizza.

"Ma se non sai nemmeno dov'è!", la sfida lui.

"La trovo! Sono sicura che la Dea mi sta già cercando. Prima o poi troverà il modo di parlarmi di nuovo!"

"Io dico di no…" dice Fredo, malizioso.

Cleva lo guarda di sottecchi. Eh sì… quell'uomo le sta facendo proprio un dispetto. È stato lui a far sparire l'altare. Forse non lo ha bruciato, ma deve averlo nascosto per bene. Cleva capisce a che gioco sta giocando. La sta ricattando. Non è un gioco che hanno mai fatto, prima. Non sa come affrontarlo, ma sa che non deve cedere così facilmente, o lui la tratterà poi sempre solo come una piantina di lenticchie. E Cleva, questo, non glielo vuol permettere.

La valigia resta di poco conto quando il bagaglio da portare con se è un altro. Tor si stava preparando per partire, avrebbe incontrato l'uomo di Bravo Daily a Cortina D'Ampezzo.

All'aeroporto c'era ad aspettarlo l'autista che senza alcun cartello gli faceva un cenno con la testa. Restava solo una cosa da fare: abbronzarsi sugli sci.

L'uomo in attesa, in tenuta sportiva osservava dietro i suoi occhiali da sole il suo contatto arrivare. Fumava un sigaro, seduto in poltrona, gambe accavallate e testa sollevata. Tor indossava dei jeans da neve che lo facevano stare easy, atteggiamento richiesto per l'incontro con quell'uomo che non aveva mai visto se non in foto.

"C'è il sole e i miei occhi ne risentono. Ma è peggio il momento in cui i tuoi sono coperti", esordiva Tor.

L'uomo faceva per togliersi gli occhiali da sole ma solo per mostrare i suoi occhi all'interlocutore, che si sedeva al tavolo senza accavallare le gambe.

"Ray", si presentava allungando la mano verso Tor.

"Hai portato il necessario?"

Potevano essere gli sci ma Tor sapeva benissimo a cosa Ray si riferisse: *Ecco che si avvicina, cosa devo dirgli, ah sì ecco potrei sorridergli ma forse è meglio: hai una sigaretta? Così andiamo a fumare fuori e poi scappo dentro con la scusa di una telefonata. Ecco, metto la sveglia che ha la stessa suoneria. Ho poco tempo ma so come sbloccare il suo pc: Hai una sigaretta? Grazie!* "Dovresti prima espormi la tua idea" – rispondeva Tor. "*È stato un attimo, ho sbloccato il suo pc e ho scaricato il programma per accedere alla rete della ditta Hif".*

"Sai cos'è un browser?", domandava Ray.

"Ma per chi mi hai preso?! Sono un informatico. Certo che so cos'è un browser", rispondeva Tor.

"E cos'è?"

"È un programma per navigare in Internet", rispondeva Tor con noncuranza, tanto per assecondarlo.

"È un programma?"

"Certo che lo è!"

"Il browser è in realtà un sistema operativo."

"Cosa??? Mi stai prendendo in giro?"

"Per poter continuare ho bisogno dei tuoi dati".

Ecco il file, è qui dentro, ma per aprire la pen-drive hai bisogno della mia password. Continua"

"Ho scoperto che il browser, che è stato programmato come un software, per agganciarsi alla rete senza essere nella rete, ha sviluppato un codice che lo rende un sistema operativo a tutti gli effetti. Guarda qui".

Tor osservava il codice del browser mentre si agganciava alla rete ed effettivamente si comportava come un sistema operativo.

"Fantastico! Ma qual è la tua idea?"

"Mi servono i tuoi dati per esporla."

"Ok. Ecco la password della pen-drive" Tor passava un biglietto a Ray.

"Bene, entreremo nel sistema operativo di Linda attraverso il browser e monitoreremo i dati sul prototipo scomparso. Abbiamo bisogno di accedere alla rete informatica di Hif. Con i tuoi dati ci accederemo dal mio yacht, ci aggancceremo alla rete invisibile dei militari e da lì entreremo nel pc di Linda".

"Ok!" – concludeva Tor –" Andiamo ad aggiustarci l'abbronzatura al mare!"

"Cosa ne hai fatto?", chiede Cleva a Fredo.

Fredo alza le spalle. "Non so di cosa stai parlando", risponde torvo.

Cleva lo guarda con dolcezza. Gli fa tenerezza, quell'animale su due zampe che fa finta di non comprendere. Lei è sicura che è stato lui a far sparire l'altare della Dea, e se ha imparato a conoscerlo sa anche che non sarà facile fargli confessare il luogo in cui l'ha portata. L'isola è grande. Può averla trasportata ovunque. Certo, potrebbe cercare delle tracce. A occhio e croce quell'altare doveva pesare quanto un grosso cinghiale, e anche se Fredo è un uomo giovane e muscoloso non può averlo sollevato o trascinato senza lasciare tracce pesanti sul terreno. Ci potrebbero essere arbusti e piccoli ramoscelli spezzati, lungo il percorso che lui deve aver compiuto, oppure delle orme affondate nel fango, oppure dei segni sul terriccio. Cleva pensa che potrebbe cercarle, ma è insicura. Fredo potrebbe averle cancellate, o magari averne create delle altre ad arte per depistarla. Cleva potrebbe impiegare giorni o settimane per ritrovarlo. No, molto più facile cercare un'altra via.

Cleva all'improvviso si volta e se ne va verso il fiume.

Fredo, dopo un po', si volta ad osservarla. Sta andando nella direzione contraria a dove ha nascosto l'altare, e ne è contento. Ma poi si rabbuia immediatamente. Sa che Cleva è una donna ostinata, e se ha deciso di andare verso il fiume con quel passo così deciso e altero è perché ha qualcosa in mente. Meglio seguirla, per vedere cosa diavolo ha intenzione di fare. Così lascia la zappa e si incammina dietro di lei, a debita distanza.

Arrivata al fiume, Cleva si drizza sul busto per farsi vedere bene da Fredo, che sa che è lì a due passi da lei, seminascosto tra gli sterpi.

Fredo infatti è accovacciato tra l'erba, e la guarda ammirato. Ah, se non fosse così pretenziosa!, pensa tra sé: è una femmina incredibilmente bella e lui... lui sì, la ama!

"Ah, se non fosse così zuccone!", pensa Cleva. "È un bell'uomo, è tanto simpatico, ma è così... testardo!"

Quando è finalmente sicura che Fredo la sta guardando, Cleva si leva il reggiseno della Dea e si china sulla riva del fiume mostrando le terga a Fredo. Sciacqua e risciacqua il suo reggiseno nelle cristalline acque del fiume e lo agita perché Fredo lo possa vedere bene. Poi lo solleva in aria, controlla che nelle gobbe non ci sia finita qualche pietruzza e se lo rinfila.

Fredo allora si alza in piedi e fa per avvicinarla.

Cleva fa finta di spaventarsi.

"Ehi, che fai?", gli grida.

"Sono Fredo. Non ti allarmare. Sono io...", dice lui umilmente.

"Ti ho scambiato per un cinghiale! Non puoi fare più piano, la prossima volta?", lo rimprovera lei.

"Che cosa stai facendo con il serpente della Dea?", dice lui.

"Lo lavo. Che domande! Non mi hai visto?", replica Cleva maliziosa.

"E perché?"

"Come perché? Se non lo lavo, dopo un po' puzza... Ecco perché..."

"Odora solo più forte", dice lui.

"No. Puzza!"

"Ma se è della Dea! Come fa a puzzare?"

"E che ne sai tu delle Dee? Mica ci hai dormito a fianco!"

"No, è vero. Ma ho dormito accanto a te. E so che tu non puzzi..."

"Beh, questo coso sì. Sono ormai tanti giorni che lo porto addosso, e ho sentito il bisogno di metterlo di nuovo pulito e profumato. L'acqua del fiume però non basta. Mi serve un'altra cosa, per farlo diventare bello e nuovo come prima..."

"Un impacco di erbe? Te le raccolgo io, se mi dici come vuoi profumarlo. Ti raccolgo della menta, se vuoi..."

"No! Io voglio il profumo della Dea!"

"Ah... E quale sarebbe??"

"Era il profumo che ho sentito... che sentivo..."

Fredo capisce al volo, stavolta.

"Nell'altare."

Cleva lo guarda negli occhi.

"Sì, nell'incavo dell'altare. C'era un profumo meraviglioso, lì dentro. Tu non lo hai sentito, perché non ci hai mai infilato la testa, pauroso come sei, ma io non riesco a togliermelo dalla mente. Era un profumo come... come..."

"Un profumo come di cielo?", dice Fredo.

A Cleva le si illuminano gli occhi.

"Sì! Ecco! Di cielo!! Hai detto la cosa giusta… Ma tu come fai a saperlo?", lo sfida lei.

Fredo fa una pausa. Poi si decide a confessare.

"Ci ho infilato la testa dentro…"

"Tuu??!!", si sorprende Cleva.

"Sì… Volevo vedere cosa ci trovi di tanto speciale…"

"E magari volevi pure sentire la voce della Dea, non è così?"

"Beh… sì…"

"E l'hai sentita? Ti ha parlato?"

Fredo abbassa la testa.

"No…"

"Forse… parla solo a me!", dice Cleva.

"Credo di sì. E poi non so… Forse la Dea si è arrabbiata perché ho spostato il suo altare…"

Cleva lo fissa con tutto l'amore del mondo. Come fa uno zuccone ad essere così tenero?, pensa.

"Perché non mi fai vedere dove hai portato l'altare?", gli chiede.

Fredo le porge il braccio, e lei gli prende la mano.

"Vieni, non è lontano", le dice lui.

Il caffè dove si recavano Gig, Rik e Linda per discutere dei problemi irrisolti, distava un paio di centinaia di metri dalla ditta Hif. La passeggiata era un open space distensivo e rigenerante. Camminavano sulla strada riservata ai pedoni, mentre poco più in là le Spark, design a forma di uovo, propulsione elettrica, grazie alla quale i campi elettromagnetici caricavano il motore attraverso una lega di alluminio e rame, sfrecciavano a pochi centimetri dal suolo, sfruttando l'antigravità. Sulla strada riservata ai pedoni, camminavano anche alcune specie animali. Gig scansava una mucca di proprietà della cooperativa di alimentari che produceva latte e latticini, mentre questa era diretta a una grande aiuola per brucare l'erba. Rik, passando per il parcheggio degli asini, verificava che il suo stesse bene. Aveva scelto l'animale come mezzo di trasporto principale perché lo trovava pratico ed economico. Il caffè aveva un privé dove i tre professionisti potevano sedere e parlare in riservatezza. "Continuiamo a rilevare la materia SX ma non il prototipo, non riesco a capire dove sia finito. La cosa sorprendente è che il calcolo differenziale dell'onda che ho inviato sulla materia SX risolve dati incongruenti con il presente", diceva Rik, sorseggiando una tazza di caffè. "Non riesco a capire come ciò sia possibile" rispondeva Linda. "Involvendo i parametri dell'ecosistema di oggi, ho scoperto che l'onda del reggiseno rilevata da Rik rientra nei parametri di ecosistema del 300 a.C." rispondeva Gig."Quindi la lavatrice è finita nel passato! Dobbiamo scoprire cosa sta succedendo." Gig aveva un'idea: "Da alcuni studi risulta che sia possibile pilotare una materia nel passato. La nostra lavatrice è finita lì per uno scherzo della natura ma noi dobbiamo fare in modo di riportarla indietro, è troppo importante quel prototipo." Linda rifletteva:

"Il tempo… che cos'è il tempo senza il 'passare' del tempo?" Rik non aveva dubbi: "Esiste solo il Tempo". "È esatto", interloquiva Gig – "Infatti il Tempo è un onda con informazioni consequenziali relative alla realtà. Se si estraggono le informazioni consequenziali dall'onda del tempo, quest'ultima diventa un 'binario' con lunghezza infinita. Non avendo informazioni, tale onda è in grado di acquisirne altre come per esempio quelle di una materia. È possibile trasferire le informazioni della materia da un punto a un altro del binario, raccordandole all'informazione consequenziale del passato nel punto di output."

"Mmmh… è possibile trasportare i nostri robot?" domandava Linda. "Mi sembra un'ottima idea, inviamo nel passato in nostri robot con sembianze umane!"

Per un po', Fredo e Cleva seguono il corso del fiume. Fredo tiene Cleva per la mano, e lei si lascia trasportare lungo l'argine, incuriosita. Vuole proprio sapere come ha fatto Fredo a far sparire l'altare della dea senza lasciare tracce.
Cleva si guarda intorno, ma non vede segni lungo la riva, né ramoscelli spezzati, né impronte affondate nel terreno soffice.

"Mi stai davvero portando fino all'altare?", chiede finalmente Cleva, sempre più perplessa.
"Certo!", risponde Fredo.
"Ma come hai fatto a trascinarlo per tutto questo tragitto senza che si veda niente?", dice lei sempre più stupita.

Fredo allora si ferma e la guarda negli occhi.

"Vuoi davvero vedere come ho fatto?"

"Sì!"

Fredo le si mette davanti, gonfiando il petto, tanto che Cleva si spaventa un po'.

Poi l'uomo le passa un braccio dietro le ginocchia e con l'altro la cinge da dietro le spalle e la solleva in aria. Cleva è sorpresa, ma lo lascia fare. Fredo allora, con Cleva in braccio, entra nel fiume e comincia a camminare nell'acqua.

"Brutto scimmione che non sei altro!", ride Cleva. "Hai preso l'altare sulle spalle e hai camminato nel fiume per non farmi scoprire dove tu l'avessi portato! Sei un brutto scimmione, ma ti adoro!", gli dice.

Fredo, portando in braccio Cleva, si raddrizza tutto orgoglioso. La fatica non gli pesa. In fondo Cleva è molto più facile da portare dell'altare. È più morbida, mentre l'altare è duro come la pietra; Cleva è assai più rotonda, mentre l'altare è un cubo e basta; Cleva lo abbraccia e si sistema sulle sue braccia, accoccolandosi contro di lui, mentre l'altare gli sfuggiva continuamente dalle mani; Cleva gli sorride, mentre l'altare sembrava prendersi gioco di lui; gli occhi di Cleva brillano al sole, mentre l'altare rifletteva a mala pena la luce della luna; Cleva ha un buon odore di bacche selvatiche, mentre l'altare era come una perla lucida senza profumo; ma soprattutto… soprattutto… Cleva è… calda, mentre l'altare era freddo.

Dopo quattro o cinquecento metri, il fiume fa una curva per andare a gettarsi nel mare. In quel punto Fredo si ferma e ripone Cleva con i piedi nudi a terra, sulla riva.

"È qui?", chiede lei guardandosi attorno senza riuscire a scorgere niente che assomigli neanche lontanamente al suo adorato altare.

Fredo rimane un attimo in silenzio, come se stesse meditando.

"Davvero non conosci questo posto, Cleva?", le chiede.

Lei non capisce.

"No... Perché dovrei?"

"Tutti i ragazzi lo conoscevano, prima di andare via dall'isola", dice lui con un po' di malinconia.

Cleva continua a non capire. Si guarda attorno, ma proprio non riesce a vedere cosa ci sia di particolare in quel luogo. Il sole è alto, il cielo terso e azzurrissimo, c'è un debole vento caldo che arriva fino a loro dal mare, e poi arbusti di lentisco con le loro bacche rosse, i rovi in fiore e le ginestre di un giallo strepitoso. Ma dell'altare della sua Dea neanche l'ombra. Quasi quasi comincia a credere che Fredo la stia prendendo in giro.

Poi però vede l'uomo scendere sul ciglio di un piccolo dirupo e farle segno di seguirlo. Cleva esita, ma poi decide di fidarsi ancora una volta di lui, e lo segue.

Fredo le prende di nuovo la mano, indicandole dove mettere i piedi per non farsi male.

Fatto qualche passo si fermano davanti ad una parete di roccia seminascosta dalla vegetazione e dalle canne che ondeggiano al vento.

"Ma si può sapere dove mi stai portando?", chiede impaziente Cleva.

"Questo è il posto dove tutti i ragazzi portavano le loro ragazze, quando arrivava la primavera…", le rivela Fredo con un po' di vanagloria.

"Vuoi dire che…"

"Sì, voglio dire che. Ovviamente c'era un segnale convenzionale tra di noi. Se uno arrivava non poteva entrare all'improvviso, senza avvisare. Arrivati qui ci fermavamo e lanciavamo un segnale segreto, che solo noi conoscevamo. Se non sentivamo nessuno rispondere, entravamo, altrimenti ci dirigevamo con la nostra bella verso la spiaggia. Era all'aperto, ma tra gli anfratti delle rocce si trovava lo stesso qualche bel posticino."

"Che bei porci!", ride di nuovo lei.

"Tu non ci sei mai venuta con nessuno, qui?", chiede timoroso Fredo.

"Ma neanche per sogno!", gli risponde Cleva.

Fredo la guarda a lungo, poi le tende ancora la mano.

"Ci speravo…", ammette lui con un filo di voce.

Avvicinatosi alla roccia, Fredo sposta un profondo strato di canne, facendo intravedere a Cleva un'apertura nella roccia.

"Una… caverna!", si stupisce Cleva.

"Sì. Chi l'avrebbe mai detto, eh? Ma questa è solo l'entrata. Vieni, vedrai dentro che bellezza!", la incoraggia lui.

Cleva allora attraversa il piccolo corridoio di canne aperto da Fredo ed entra dentro, subito seguita dall'uomo, che lascia le canne richiudersi alle loro spalle.

Con meraviglia di Cleva, la caverna non è completamente buia. In un angolo in alto c'è un buco rotondo che guarda *verso il cielo, facendo entrare un cono di sole che irradia la sua luce tutt'attorno.*

Cleva è sbalordita. La caverna segreta di Fredo è semplicemente stupenda! È grande abbastanza per starci in piedi, e da un lato c'è una sorgente d'acqua pulita e fresca che sgorga da una fenditura. Sembra non manchi niente per poterci fare l'amore come meglio si vuole!

Cleva si volta estasiata verso Fredo.

"Ma tu ci venivi spesso?", gli chiede con una punta di sfida, come per metterlo in guardia.

Fredo abbassa gli occhi, vergognandosi della sua risposta.

"Avrei voluto. Ma non ho quasi mai trovato chi ci volesse venire con me..."

"Però conoscevi il posto!"

"Beh, una volta l'ho usato anche io... Ma il più delle volte ci venivo da solo"

"Da solo eh? E cosa facevi qui tutto solo soletto? Dipingevi i delfini sulle pareti?"

"No. Pensavo."

Cleva trattiene a stento il riso.

"Pe...nsavi?? E a che cosa??", gli chiede sempre più ammirata dell'innocenza di quel benedetto ragazzo.

"Pensavo... al giorno in cui sarei rimasto soltanto io sull'isola..."

Il sorriso di Cleva le si spegne sulle labbra.

"Vuoi dire che già sapevi che tutti sarebbero andati via?"

"Sì. Avevo sentito dire agli anziani che non c'era altro da fare. Era troppo pericoloso rimanere qui. Ma io non volevo

andarmene. E decisi che se mai quel giorno fosse arrivato io sarei rimasto qui. A questo, pensavo."

Cleva quasi non crede alle sue orecchie. Il giovane uomo che ha davanti o è un pazzo o lo spirito di un cavalluccio marino che si è perduto. Poi, come rammentandosi all'improvviso la ragione per cui sono lì, si guarda attorno cercando l'altare.

"Ma dov'è?", chiede.

"L'altare della Dea?"

"Certo, che altro, sennò?"

Fredo, come riavendosi dalla sua tristezza, si volta e le fa cenno di seguirla.

Attraverso una strettoia, la fa entrare in un'altra camera della grotta, addirittura più grande della prima ma più buia.

Cleva spalanca gli occhi. L'altare è lì! Fredo l'ha sistemato al centro esatto della "stanza", sopraelevato su un piccolo cumulo di terra, forse per preservarlo dall'umidità. Anche nella semioscurità, il suo colore argenteo sembra riflettere ogni minuscolo bagliore, e Cleva nota che l'apertura è stata tenuta aperta.

"Hai fatto una bella faticaccia per portarlo qui, eh Fredo?", lo rimprovera lei.

"Sì, non è stato facile. Ci è passato appena. Ma qui nessuno lo troverebbe mai!", risponde lui, fiero.

Cleva gli lancia uno sguardo commiserevole.

"Ma chi dovrebbe mai cercarlo, Fredo? Ci siamo solo tu ed io, su quest'isola!!"

Fredo alza le spalle, diffidente.

"Non si sa mai. Non voglio che lo rubino…"

Cleva scuote la testa, intenerita.

"Cos'è, ti sei affezionato anche tu all'altare della Dea??", lo deride.

"Un po' sì. Ho pensato che era meglio proteggerlo. Non so perché…"

Cleva gli si avvicina, lo bacia, e gli passa una mano tra i capelli folti.

"Hai fatto bene, scimmione", gli sussurra.

Poi però lascia Fredo in disparte e si dirige verso l'altare. Si china e infila la testa nell'oblò.

"DEA!!!! RISPONDIMI, DEA!!!! SEI QUI??? HO BISOGNO DI TE!!!! RISPONDIMI!!!!", grida.

Fredo, dietro di lei, è come impietrito. Non sa bene che fare, ma osservando i larghi fianchi di Cleva che lei gli sta offrendo senza pudore sente il sangue salirgli alla testa. A lui della Dea non frega proprio niente. Per lui la vera dea è Cleva!

"Senti… ho un'idea", le dice.

Cleva toglie la testa dal buco nell'altare e si volta verso di lui.

"Che idea?"

"Accendiamo un fuoco, e dormiamo qui, stanotte. Magari la DEA ti vede e cercherà di nuovo di parlarti."

Cleva stringe gli occhi, come soppesando la richiesta di Fredo.

"Io ho un'idea diversa", gli risponde."

"Quale?"

Cleva allora monta sull'altare e vi si siede sopra, allargando leggermente le gambe e lasciandole penzoloni attorno al buco centrale dell'altare.

"Vieni qui", gli ordina.

Fredo esita.

"Vieni qui!", ordina di nuovo lei perentoria.

Fredo allora si avvicina, come smarrito.

"Inginocchiati", gli dice Cleva.

Fredo, senza staccare gli occhi da lei, ubbidisce.

"Ora metti la testa dentro l'altare", gli ordina di nuovo lei.

Fredo, facendo prima passare la testa tra le gambe penzoloni di Cleva, infila il capo nell'oblò.

"Annusa."

Fredo si riempie i polmoni dell'aria dell'altare un paio di volte.

"Profuma?"

"No, non mi sembra…"

"Ora esci fuori".

Fredo ubbidisce. Tira la testa fuori e fa per alzarsi.

"Non ti ho detto di alzarti! Resta in ginocchio davanti a me!", gli intima lei.

Fredo esegue. Piega le gambe e si inginocchia ai suoi piedi. Ha il volto esattamente al livello del bordo dell'altare, là dove la gambe di Cleva sono disgiunte. Cleva allora si fa più avanti con il bacino. La sua corta mantellina di pelle di cerbiatto scorre in alto lungo i suoi fianchi.

"Chiudi gli occhi".

Fredo ubbidisce, ancora una volta.

"E ora appoggia il naso qui", gli dice.

Fredo avvicina le sue narici all'incavo intimo di Cleva.

"Annusa."

Lui esegue, come stordito. Inspira l'odore di Cleva due, tre volte, lentamente.

"Che senti?"

"Odore forte di ricci di mare"

"Ah sì? E ti piace?"

"Sì! Io li mangio sempre crudi. Sono meravigliosi"

"E io odoro di ricci di mare?"

"Sì"

"A me non piace. Non mi piacciono i ricci di mare. Sono mollicci e disgustosi. Sei sicuro che non senti un altro odore diverso? Annusa di nuovo!"

Fredo ricaccia delicatamente il viso tra le cosce aperte e nude di Cleva.

"Forza. Avvicinati di più! Infila quel naso da scimmione che ti ritrovi e annusa di nuovo! Più forte!", lo incita lei.

Fredo afferra le gambe di Cleva e le avvicina di più alla sua bocca. Questa volta fa aderire le labbra alla pelle di Cleva, che emette un leggero sospiro.

"Annusa! Cosa senti adesso?"

Fredo si stacca a fatica.

Mi sbagliavo. Non si sentono più i ricci di mare...", sussurra.

"E cosa senti, adesso?"

"Odore di ginestre..."

"Bravo! Così va meglio. Torna giù, e dimmi se senti qualcos'altro..." gli ripete.

Fredo non si fa pregare. Riavvicina la faccia alla fenditura di Cleva e ne aspira tutto l'odore che può. Poi fa come con i ricci di mare. Ci ficca la lingua dentro e ne sorbisce tutto il gusto.

Cleva gli stringe il capo tra le gambe, in preda a dei fremiti che non riesce più a contenere. Poi rivolta la testa all'indietro e guarda la volta della caverna… Stranamente, vede come dei bagliori verdastri illuminare la roccia.

"Continua Fredo, continua!", lo incoraggia.

Lui è irrefrenabile. Non gli sembra vero quello che gli sta accadendo. È come aver pescato un mare infinito di perle, e il suo cuore e la sua mente sono come dilatati all'infinito.

"Che odore senti, ora?", gli chiede di nuovo Cleva con voce suadente.

"Rosmarino, rosa, menta…", elenca lui ad ogni nuova linguata.

"Ci sei vicino. Ma non è abbastanza. Dimmi che odore senti veramente!", lo eccita sempre di più lei.

Lui allora affonda totalmente il viso dentro di lei e le succhia un lembo di carne molle e dura allo stesso tempo.

Lei si lascia sfuggire un lamento più forte, ma ponendogli le mani sul capo lo costringe a non mollare la presa.

Fredo è ormai in apnea, ma non distoglierebbe la sua bocca e le sue narici da quel paradiso afrodisiaco per tutti i cavallucci marini del mondo.

Cleva intanto continua a vedere sulle pareti di roccia quegli strani bagliori: ora non c'è solo il verde, ma anche il giallo, il blu, il rosso, e mano a mano che Fredo la bacia si fanno sempre più intensi e vividi.

"Fredo…", lo chiama debolmente.

Ma lui non sente. Non può sentirla. Tutti i suoi sensi sono assorbiti da quell'odore che lo inebria.

"Fredo… fermati, Fredo. Che sta succedendo alla caverna? Fermati, ti prego, e guarda!"

Fredo non capisce, e le assesta un ultimo morso prepotente, tirando a sé la clitoride di lei.

Cleva caccia un urlo, ma è un urlo di piacere intenso. E a quel grido, all'improvviso, la caverna si illumina tutta di un lampo abbagliante. Dall'oblò dell'altare si irradia una luce bianca e candida come il sole.

Fredo e Cleva sono come accecati. Fredo, come colpito da un fascio di energia immenso, si alza in piedi, istupidito, mentre Cleva richiude a fatica le gambe che le fanno male.

"La DEA!!!!", geme.

Fredo fa cenno di sì con il capo e l'aiuta a scendere dall'altare. I due si abbracciano e guardano davanti a sé, inebetiti. La luce intensa illumina a giorno la caverna, emanando un dolce odore di lavanda, e poi lentamente si spegne.

Cleva guarda allibita Fredo.

"Ma come hai fatto?", gli chiede.

"A fare cosa?", chiede smarrito lui.

"A far uscire la DEA da me" risponde lei, estenuata ma felice.

"Non lo so. Io credo che sei davvero tu, la DEA! Questa è la cosa più bella che potesse accadermi su quest'isola!"

Lo yacht era ormeggiato nel porticciolo privato, e Ray e Tor salivano a bordo con fare sicuro.

Nel dirigersi verso il salotto, Tor si domandava cosa stesse facendo Linda. Mentre Tor posizionava il computer sul tavolo, Ray si occupava di far salpare lo yacht per dirigerlo al largo. Il mare era calmo e i gabbiani strillavano volando sull'acqua. "Una bella giornata come questa non potrà che essere memorabile", sorrideva il proprietario della barca al suo compagno di ventura. Dopo aver sistemato i suoi dispositivi pronti per la ricerca, Tor faceva un giro a poppa per godersi il sole e il vento. Il suo pensiero a Linda viveva del desiderio di scoprire cosa sapesse la ditta Hif della lavatrice. Dopo la smaterializzazione era riuscito a rilevare la sua posizione e a spostarla. "Ci siamo" si sporgeva Ray verso poppa "Ancoriamo qui".

"Mi collego alla rete della ditta Hif, ora entrerò nel sistema operativo del computer di Linda attraverso il browser." Tor era intento nel suo lavoro.

"Guarda dappertutto, non dobbiamo lasciarci sfuggire niente", diceva Ray.

"Rilevo dei dati che spiegano un pilotaggio di materia nel passato". Tor era sempre più curioso "Come???" domandava stupito Ray.

"I dati non lo dicono ma un'email di Linda al capo parla di una macchina del tempo".

"Approfondiamo. La macchina esiste?"

"Rilevo un dispositivo nella rete, provo a entrarci".

"Una macchina del tempo... cosa credono di fare Ritorno al Futuro 4? Vogliono riesumare Herbert George Wells? Ma cosa pensano di fare??? Un romanzo?"

"Sono entrato nel dispositivo, rilevo robot, vogliono spedirli nel passato. Incredibile! La loro materia è stata trasferita! Ora sono su un'isola nel 300 a.C.!"

Uscendo dalla caverna, ancora frastornati, Fredo e Cleva non credono ai loro occhi. Ci sono due persone che camminano sulla spiaggia, non lontano. Impossibile! Tutti gli abitanti del villaggio se ne sono andati ormai da tempo. L'isola, creduta maledetta, è rimasta deserta.
"Chi sono quei due?", chiede Cleva.
Fredo, senza distogliere gli occhi da loro, scuote la testa.
"Non lo so", risponde scontroso.
"Andiamo a vedere!", esclama la donna.
Fredo la trattiene per un braccio.
"No! Non mi piacciono"
"E dai... Non fare sempre il testone. Sono secoli che non vediamo nessuno, qui..."
"Appunto. Proprio per questo!"
"Che vuoi dire?"
"Quando sono arrivati? Io non ho visto nessuna nave. Tu vedi qualche barca, sulla riva?"
Cleva getta un'occhiata intorno.
"No, non ci sono barche. Ma magari sono arrivati dall'altra parte... Andiamo a vedere chi sono!", ripete lei.
Fredo però non si fida.
"Senti, Cleva... Prima su quest'isola c'eravamo solo noi due. Poi è arrivato quell'altare, è diventato in un lampo tutto bianco come il sole, e ora ci sono anche quei due..."

"Giusto!!!! È vero!!! È stata la Dea a mandarli!!!!", conclude lei, eccitata.

Fredo invece si ingrugnisce. Non smette di fissarli, sempre più sospettoso. Per la sua compagna quella apparizione è una benedizione, mentre per lui è un cattivo presagio. Cattivissimo.

"Facciamo così. Tu resti qui, nascosta, e io vado a vedere chi sono...", fa per dire ma non finisce la frase: Cleva si è già lanciata in una corsa verso la spiaggia. A Fredo non rimane che rincorrerla.

Quando raggiungono le due figure, lei si ferma a pochi passi da loro. Fredo la raggiunge di lì a poco e le si pone di fianco, cingendola con un braccio come per proteggerla. I due, un uomo e una donna della stessa età di Fredo e Cleva, si fermano a loro volta, restando anch'essi l'uno accanto all'altra.

Sono entrambi quasi nudi. L'uomo ha un panno bianco che gli cinge la vita, mentre lei ha un semplice fazzoletto triangolare in mezzo alle gambe e un... serpente come quello della dea sul seno. Cleva lo fissa incredula. È esattamente come il suo, solo di un colore diverso. Fa per muovere un passo verso la donna venuta chissà da dove e per toccarle il reggiseno, ma Fredo la ferma.

"No! Non sappiamo ancora chi sono! Parlale da qui...", le ordina.

Cleva fa cenno di sì con la testa. Meglio fare come dice lui. Anche lei in fondo ha un po' di paura.

"Tu... tu sei la Dea??", chiede alla donna che le è di fronte. I due venuti chissà da dove si guardano, sorridendosi.

"No, io non sono una Dea. Mi chiamo SexUno", risponde lei con voce gentile e suadente.

"Da dove siete venuti?", chiede Fredo.

La donna di chissà dove si volge a guardarlo. Poi sorride anche a lui.

"Siamo venuti da una città che voi non conoscete", risponde con lo stesso tono con cui ha risposto a Cleva.

Cleva intanto, per parte sua, sta scrutando il bell'uomo che è accanto alla donna.

"E tu? Come ti chiami tu? Non sai parlare?", gli chiede guardandolo dritto negli occhi.

"Io mi chiamo SexDue", risponde con la stessa cadenza della sua compagna.

"E che siete venuti a fare nella nostra isola?", chiede Cleva. I due si guardano di nuovo.

"Isola? Questa è un'isola?", risponde l'uomo.

Fredo da un'occhiataccia a Cleva, non si capisce se per la gelosia di vederla troppo interessata a quel giovane e bel ragazzo o se per avvertirla di un pericolo che solo lui percepisce.

"Perché, non lo avevate capito, quando siete arrivati qui? Eppure non è difficile. Questa è un'isola molto piccola...", rimarca Cleva.

La donna di chissà dove si intromette nella discussione, cercando di rassicurare i due abitanti del luogo.

"Noi siamo venuti in pace. Non vogliamo farvi del male. Siamo dei... naufraghi. Ecco, sì, siamo dei naufraghi. La nostra imbarcazione è affondata al largo, molto lontano da qui, e noi ci siamo salvati aggrappandoci ad un tronco. Quello lì, vedete?", e indica un albero morto a qualche decina di metri da loro.

Fredo e Cleva si voltano nella direzione in cui la donna punta il dito. Non lo avevano notato, fino ad allora. Poi si scambiano ancora un'occhiata fuggevole.

Cleva sorride.

"Te lo avevo detto… Non c'è da preoccuparsi… Dobbiamo aiutarli", sussurra a Fredo.

Il suo compagno non pare convinto, ma per il momento la loro scusa è credibile, e non se la sente di contraddire Cleva, che ormai sembra fidarsi ciecamente dei due nuovi arrivati.

"Siete i benvenuti!", dice lei e si avvicina ad abbracciare l'uomo.

SexDue non fa una piega, e continua a guardare davanti a sé. Ma Fredo nota che neanche SexUno mostra una qualche reazione particolare all'abbraccio di Cleva al suo uomo. O almeno a quello che crede sia il suo uomo.

"Siete affamati e stanchi, venite con noi…" dice con un tono che Cleva non sa bene come giudicare.

I quattro, lentamente, si incamminano verso la caverna di Cleva e Fredo, ripercorrendo all'indietro il percorso lungo il fiume.

Fredo, mentre fa loro strada standogli qualche passo davanti, si avvicina all'orecchio di Cleva.

"Non dirgli niente dell'altare, però. Assolutamente nulla, d'accordo?", gli intima ancora sospettoso.

Cleva annuisce.

"Hai visto, però, che lei ha il serpente come quello della Dea?", gli risponde dubbiosa.

"Sì, ma è di un colore diverso. Quando qui c'erano le guerre tra i popoli diversi di quest'isola i guerrieri avevano sul corpo gli stessi segni, ma di colore diverso. Questi potrebbero essere Dei avversi alla tua amica Dea...", le suggerisce lui sperando di persuaderla ad essere più prudente...

Cleva sembra riflettere, poi fa di nuovo cenno di sì con la testa.

"Hai ragione!! Questi due potrebbero essere Dei diversi!", ammette.

Fredo sospira. Forse ha convinto la sua donna a fidarsi più di lui che di quei due bellimbusti piovuti dal cielo.

Alla storiella del naufragio lui non ci crede proprio. Due naufraghi non sarebbero così ardimentosi e belli, dopo aver navigato appesi ad un tronco per miglia e miglia senza cibo né acqua. E poi, quel tronco... È vero che nemmeno lui lo aveva mai visto prima, ma sembrava di un albero appena caduto, e non un legno marcio che ha galleggiato a lungo nel mare. Aveva ancora molte foglioline attaccate ai rami!!!

La casetta di legno sintetico, realizzato con una lega di carta e rame, sporgeva sulla strada pedonale. Linda era quasi arrivata alla porta d'ingresso. La giornata di lavoro era terminata,. Mentre girava la chiave nella serratura si guardava le mani: "dovrò rifare lo smalto alle unghie", pensava. Prendersi cura della sua persona la distendeva e immergere le dita nel liquido Chrezy era un'operazione di pochi secondi.

L'informazione presente nel liquido pigmentato di colore veniva attratta dalle unghie e il codice si legava alla struttura chimica con il pigmento colorato, senza sporcare le dita. Bastava tirare fuori le mani dopo 30 secondi, asciugarle e il nuovo smalto era applicato. La casetta di 100 mq era architettata come una molletta semi aperta, di quelle che si usavano per stendere i panni al sole. Le due parti costituivano la zona giorno e la zona notte, separate da un patio immerso in un giardino. Linda si sedeva sulla poltrona del piccolo soggiorno, vicino al camino, dislocato all'estremità aperta della molletta. Prendeva il suo Bravo Daily dal tavolino e cominciava a sfogliarlo. Nella sezione scienza c'era un trafiletto in basso a sinistra che rivelava la scoperta di una lavatrice ecologica per la quale non era necessario utilizzare detersivi. Non era specificato il funzionamento ma si parlava di un prototipo non ancora in commercio. Linda non aveva dato alcuna informazione al giornale, il giorno della telefonata: aveva semplicemente risposto che si trattava di informazioni riservate. Ma evidentemente Bravo Daily aveva cominciato a mettere in atto la sua strategia d'informazione. Mentre chiudeva il giornale per dirigersi nel patio a godersi il tramonto, il suo pensiero era rivolto a Tor: perché continuava a farle tutte quelle domande sulla lavatrice scomparsa?

Il buio cala presto, sull'isola. Cleva in realtà adora fare il bagno a cavallo della luce del tramonto, ma quella sera lei e

Fredo hanno ospiti! Non vedono un essere umano da tempo immemorabile, e ora ne hanno addirittura due in un colpo solo! Maschio e femmina, per giunta, così almeno non ci si sarebbe annoiati.

Mentre Fredo accende il fuoco Cleva simpatizza con i nuovi venuti e li invita ad accomodarsi, ma i due non sembrano molto soddisfatti dell'accoglienza. I naufraghi si guardano spesso tra loro, ma se ne stanno in silenzio, osservando con aria imbronciata le pareti e gli oggetti della caverna.

Fredo, dopo aver sistemato un paio di ceppi di legno sulle fiamme, si siede davanti alla donna, guardandola insistentemente…

SexUno ha i capelli neri e gli occhi pallidi, di un colore cinereo, indefinibile. È molto bella, ha i lineamenti del volto morbidi, le labbra ben pronunciate, le mani molto ben curate. Fredo nota che le unghie hanno una strana patina lucida e trasparente sopra, e per confronto guarda quelle di Cleva, che invece sono annerite di terra alla punta e con un orletto rosa intenso dietro. Non ci aveva mai fatto caso. Poi Fredo si volta all'uomo. Gli guarda subito le dita, ma quella sostanza lucida e trasparente non c'è. Si guarda le sue, e le trova brutte. Sono ondulate, indurite, ingiallite. Quelle di SexDue invece sono bianche come i suoi denti.

Cleva sta scherzando con i due ospiti, ammiccando soprattutto a SexDue, ma Fredo si stupisce che SexUno non faccia nemmeno un sorriso. Allora lui, da perfetto padrone di casa, si alza e le sporge una tazza di terracotta con un infuso di ginepro e lenticchie, caldo. È una sua invenzione, che Cleva non apprezza molto.

La ragazza, invece, guardandolo fisso negli occhi, prende la scodella e l'avvicina alle labbra. Sorseggia la bevanda senza neanche una smorfia e gliela restituisce passandosi per un momento la lingua sulle labbra. Lo fa velocemente, ma Fredo coglie il suo apprezzamento.

"Ti piace?", le chiede senza farsi sentire da Cleva.

SexUno fa cenno di sì con la testa.

Intanto Cleva e SexDue scoppiano a ridere, non si sa per cosa.

"Perché siete venuti qui?", chiede di nuovo Fredo a SexUno.

"Te lo abbiamo detto, siamo naufraghi", risponde la donna.

"No, non lo siete. Conosco il mare. Non lo siete", dice sommessamente Fredo.

La donna lo guarda, ma non risponde.

"Dimmi almeno di dove sei", insiste Fredo avvicinandosi di più a lei.

SexUno lancia un'occhiata furtiva a SexDue, ma vedendolo impegnato a interagire con Cleva distoglie lo sguardo e si rivolge a Fredo.

"È un luogo non distante da qui, ma lontano nel tempo", gli rivela.

Fredo non comprende, ma quelle parole, dette sottovoce, gli sembra che stiano creando una bella complicità. Lui si sporge verso il suo collo bianco, ma SexUno non si sposta. Le annusa la pelle, ma non avverte alcun odore particolare.

"Cosa vuol dire il tuo nome?", chiede di nuovo alla ragazza, sempre più curioso.

"Che sono arrivata per prima. Volevano chiamarmi Eva, ma poi Linda ha preferito darmi una denominazione meno…"

La ragazza si blocca. Forse capisce che sta rivelando troppo. Non sa bene cosa dire e cosa non dire, ma Fredo gli è simpatico. Ha un fare un po' animalesco, ma è delicato.

"Meno… cosa?", riprende lui.

"Meno… ancestrale."

Fredo non capisce un'acca di quello che sta provando a dire la ragazza, ma la sua attenzione si sposta all'incavo del suo seno perfetto e ben sollevato.

"Che cos'è questa specie di serpente con le gobbe che anche tu porti, come la mia Cleva?", la interroga. Ha sottolineato la MIA Cleva con un tono un po' più rauco della voce.

SexUno esita un istante, poi decide di dirglielo.

"Si chiama reggiseno".

"E a che serve?"

"A reggere… il seno"

"E perché?"

"Non lo so. Ma serve anche a coprirlo".

"Perché?"

"Per non farlo vedere"

"Ma io lo vedo" ribatte Fredo, sempre più deciso a capire il mistero racchiuso in quello strano oggetto che Cleva adora tanto.

"Sì, ma non vedi la cosa più importante".

Fredo, all'improvviso, è colpito come da un'illuminazione.

"Serve a non far succhiare il latte!!!", esclama.

"Sì, serve a non far succhiare. Non solo il latte", dice SexUno sorridendogli per la prima volta.

Tra Cleva e SexDue scoppia un'altra risata, e Fredo stavolta ne è infastidito. Lo sguardo gli cade sulla mano di Cleva, che è appoggiata su una gamba di SexDue.

Sta per infuriarsi, quando viene raggelato da un'occhiata perentoria della sua compagna.

C'è qualcosa che non va. Fredo intuisce che c'è qualcosa in tutto questo che non sta andando per il verso giusto, ma non riesce ancora a capire cosa.

Dopo mangiato, SexUno e SexDue si addormentano. Fredo ha dato loro uno strano vino molto forte, molto denso, e i due se lo sono ingoiato come se fosse sciroppo di miele.

Cleva mette sopra i loro corpi adagiati uno accanto all'altro un mantello fatto di pelle di capra e finalmente guarda Fredo più conciliante.

"Tu che ne pensi?", gli chiede.

Fredo scuote la testa.

"Non gli ha fatto schifo", risponde.

Cleva si corruccia.

"Non gli ha fatto schifo cosa? Il tuo infuso di ginepro?"

"No, no. Quello le è piaciuto. Anzi, fin troppo."

"Allora parli del vino?"

"No. Parlo della puzza."

"Che puzza??"

"Vedi, tu nemmeno te ne accorgi."

Cleva solleva gli occhi al cielo e li ruota per aria.

"Ahhh, QUELLA puzza!!!", rammenta.

"Sì, proprio quella. Tu non ci fai nemmeno più caso, ma loro avrebbero dovuto sentirla. Lei, soprattutto. Era vicinissima a me, e gliene ho mollata una così fetente che sarebbero scappati pure i cinghiali."

Cleva lo guarda di nuovo in volto, senza capire bene.

"Lo hai fatto di proposito?"

"Sì"

"E perché??"

"Quella ragazza non ha odore. Non sente la puzza del mio intestino. Prova qualcosa di piacevole bevendo il mio infuso di ginepro e lenticchie, ma è come se non avvertisse gli odori cattivi e non ne emanasse di suoi…", espone Fredo.

Cleva annuisce.

"Già… E quel ragazzo non sente il freddo. La sua pelle non rabbrividisce. E quando gli ho toccato la coscia con la mia mano non ho sentito nemmeno un fremito…" confessa lei. Fredo ora capisce. Entrambi hanno fatto la stessa cosa, in fondo, e la sua gelosia si placa di colpo.

"Che sono venuti a fare, qui?", chiede a Cleva.

Lei scuote la testa, non sapendo cosa pensare.

"Io l'altare non glielo ridò!", dice con tono torvo.

"Pensi che siano venuti per riprenderselo?", chiede lui.

"Hai fatto bene a nasconderlo, Fredo. Non so quali intenzioni abbiano questi due, ma sono contenta che tu abbia portato via l'altare. Lì dov'è non lo scopriranno mai…"

Fredo allora si alza, le si avvicina, e l'abbraccia.

"Posso succhiarti le mammelle, stanotte, Cleva?", le chiede.

Cleva si volta a guardare i due ospiti, che dormono come angioletti. Poi si gira verso Fredo.
"Perché non andiamo nella caverna dell'altare, di nuovo? Mi era piaciuto un sacco, quello che era successo là. Tanto questi non si accorgeranno di niente...", lo incita lei.

Non credeva a quello che vedeva sui monitor. Linda era stupita di vedere quell'uomo e quella donna del passato che parlavano con i robot. Lui le sembrava una specie di scimmione con quella sua andatura un po' curva e i capelli lunghi. Lei indossava il reggiseno dell'esperimento e sembrava così fiera di portarlo che Linda si domandava se anche il suo uomo lo apprezzava.

Gig e Rik erano intenti a manovrare gli strumenti per non perdersi neanche un particolare di quelle scene, increduli anche loro. Cercavano di capire se su quella che sembrava un'isola ci fossero altre persone. Della lavatrice nessuna traccia.

Al mattino, SexUno e SexDue sono svegliati da un grido.
È Cleva, che li invita ad uscire fuori della caverna.
"Venite qui, dormiglioni! Non avete fame?", chiede ridendo.
Fredo ha preparato una piccola colazione a base di ricci marini e di alici arrostite.
"Pensavo si svegliassero, con questo profumino...", dice a Cleva.

"Hai dimenticato che non sentono gli odori? Se non sentono le puzze, non sentono nemmeno l'odore del pesce", gli risponde lei, alzando le spalle.

SexUno è la prima ad uscire dal loro riparo notturno, mentre SexDue si presenta poco dopo.

Fredo infilza un'alice con un bastoncino e lo porge alla donna venuta da chissà dove, mentre SexDue afferra da sé un riccio con le mani e lo stringe, pungendosi.

Il suo gemito di dolore fa sorridere Fredo, mentre Cleva accorre in suo aiuto, premurosa. Gli prende il dito ferito e se lo mette in bocca, succhiando il sangue che ne fuoriesce.

"Faglielo mettere nell'acqua del mare, così si ferma da solo", suggerisce Fredo.

"Perché… Tu quando mi sono ferita io hai fatto la stessa cosa. Mica mi hai detto di mettere il dito nell'acqua!", protesta Cleva.

"Non era la stessa cosa…", sottolinea lui debolmente.

SexUno intanto ha preso l'alice offertole da Fredo e la sta guardando con curiosità.

Fredo allora ne prende un'altra e la mangia, mostrandole come si fa. Addenta prima la coda, poi con i denti stacca delicatamente la polpa di un fianco. Quindi con una mano toglie la lisca del piccolo pesce e infine con un boccone solo ingoia anche la seconda parte rimasta.

SexUno lo guarda ammirata ma quando tocca a lei fare lo stesso si fa andare una piccola spina di traverso in gola.

Fredo, dispiaciutissimo, le si avvicina e le dice di aprire la bocca. La spina si è conficcata sul palato in alto e lui con un *dito gliela toglie. Poi sbuccia con le mani la polpa di altre tre o quattro alici e gliele porge.*

SexUno gli sorride.

Il rumore del mare arriva di lontano, c'è un leggero venticello di maestrale, il sole è già alto, nonostante l'ora, e la giornata sembra l'ideale per stare fuori.

"Dove lo hai preso, quello?", chiede all'improvviso SexDue a Cleva, indicando il suo reggiseno.

Cleva e Fredo si lanciano un'occhiata.

"Era dentro un altare", rivela Cleva dubbiosa.

"E dov'è adesso l'altare?", incalza l'uomo.

Cleva guarda di nuovo Fredo, non sapendo cosa rispondere.

"Era qui, quando lo abbiamo visto noi. Ma il giorno dopo è sparito", risponde prontamente Fredo.

SexUno e SexDue lo fissano.

"Non lo avete cercato?", gli chiede SexUno con voce suadente.

"Sì, certo. Ma non lo abbiamo trovato. L'isola è molto grande. Può essere finito dovunque", risponde ancora lui con sicurezza.

"Tu potresti farci da guida?", riprende lei piluccando un'altra alice arrostita. Sembrano piacerle moltissimo.

"Farvi da guida... per l'isola?", domanda a sua volta Fredo per essere sicuro di aver capito bene.

"Sì. Tu sei di qui. La conoscerai sicuramente come le tue mani. Noi vorremmo che tu ce la facessi vedere tutta..."

Fredo si volta a guardare Cleva, che fa cenno di sì con la testa.

"Va bene. Vi farò da guida per l'isola. Ma voi perché cercate quell'altare? Perché è così importante?"

SexDue è il più lesto a parlare, stavolta.

"Potrebbe essere un pezzo della nostra nave con cui abbiamo fatto naufragio. Potrebbe servirci per poter ripartire da qui e tornare nel nostro… paese".

"Se non ricordo male non è molto grande. Come pensate che possa portarvi via di qui?", interviene Cleva.

"Se è come penso io, quello che avete visto è l'altare che la Dea ama di più. Con quello si può pregare la Dea e chiederle qualsiasi cosa. La nostra Dea è buona, e sapendo dove siamo finiti ci farà venire a prendere…".

"E noi potremmo venire via con voi?" chiede entusiasta Cleva.

Fredo però non è affatto della sua stessa idea. Anzi, quella richiesta da parte della sua donna gli dispiace molto.

"Non ti piace più stare qui?", le chiede rivolgendole uno sguardo come se fosse un delfino impigliato nelle reti.

Cleva gli prende una mano.

"Ma tu verresti con me! Non ti piacerebbe vedere un altro posto, lontano di qui? Andiamo solo a vedere come è fatto il mondo, e poi magari torniamo…!"

"Sì, certo! Potreste venire con noi!", dice ammaliante SexUno.

"E potrei vedere la Dea?", chiede ancora Cleva.

"Oh sì, certo! Anzi, credo che lei sarebbe proprio felice di conoscervi!"

Fredo fa una smorfia, ma capisce che ormai la sua donna ha deciso. Prima, però, vuole essere sicuro che quei due non li stiano imbrogliando.

"Va bene. Partiamo, allora. Vi farò girare tutta l'isola, e cercheremo insieme l'altare. Cleva, tu prepara delle borrac-ce d'acqua per tutti, io intanto vado a prendere la slitta con le cose che dobbiamo portarci per passare la notte. L'isola è grande, e impiegheremo qualche giorno per perlustrarla tutta..."

Cleva lo fissa un attimo, ammirata. La sua risolutezza e la sua furbizia la stupiscono sempre di più.

SexUno e SexDue invece sembrano soddisfatti.

"A noi sta benissimo!, dicono.

Cleva allora si avvicina a Fredo, e alzandosi un po' sulle punta dei piedi gli da un bacio sulla guancia.

"Grazie, amore mio", gli sussurra.

Il volo era in partenza. Tor, seduto sul sedile di corri-doio per essere meglio servito dalle hostess, teneva la testa reclinata all'indietro sul poggiatesta e pensava. Mentre un'assistente di volo gli porgeva un bicchiere di champagne, Tor spostava il suo hardisk sull'altra gamba: il monitoraggio della macchina del tempo era stato salvato, ora era necessario ricrearne una, per-ché proprio non si potevano lasciare quei due robot agire indisturbati. I pensieri affollavano la sua testa, si passava una mano sulla faccia perché sentiva più forte una sensazione persistente. Il potere. Avrebbe inviato sull'isola una tigre per uccidere i due robot.

Ecco, la sensazione si era esplicitata in un pensiero concreto: l'isola doveva essere sua.

Intanto sull'isola, la lavatrice ben custodita nella grotta segreta emette un lampo dal cestello. È notte e una luce illumina la caverna tutto intorno. Fredo, Cleva e i due robot dormono dall'altra parte dell'isola, solo i gabbiani vengono disturbati dal lampo spiccando il volo strillando.

Nel laboratorio della ditta Hif, Gig, Rik e Linda erano intenti al lavoro. "Dobbiamo essere in grado di parlare con loro" – diceva Linda ai suoi colleghi, riferendosi a SexUno e SexDue.

La voce, dalla grotta segreta, risuona nell'isola. Fredo e Cleva si svegliano: "È la voce della Dea!" gridava Cleva.

Linda non poteva ascoltare le voci dall'isola e continuava indisturbata nel suo lavoro, mentre Gig proponeva: "Possiamo far viaggiare una lisca di informazioni nel passato raggiungendo il sistema operativo dei nostri due amici".

"Una lisca???? Io ne ho buttate tante ieri sera, forse la Dea ne vuole una! Ma che c'entra il passato? Io quando penso al mio, ricordo quando ero bambina e scrivevo e riscrivevo il mio nome sulla sabbia quando il mare lo cancellava, convinta che prima o poi avrebbe smesso! Ora so che il mare non cancella ma porta con sé." – rispondeva Cleva sull'isola.

Fredo non è stupido. Quello che sta succedendo sull'isola somiglia a qualcosa che egli teme da sempre. Sente i presagi come di una tempesta avvicinarsi. Il cielo è terso, luminoso, il sole splende alto e i gabbiani volano tranquilli, come sempre, ma Fredo non si lascia incantare. Quei due strani esseri arrivati da chissà dove, l'altare della Dea che emette all'improvviso una luce folgorante, l'oblò in cui era custodito il serpente che ora Cleva tiene addosso sul seno, che si mette a parlare. No! C'è qualcosa che non va, pensa Fredo. Ecco, la sensazione gli si esplicita in un pensiero concreto: qualcuno sta cercando di impossessarsi della sua isola. Sua e di Cleva. Non gli importa chi, non gli importa come. Fredo questa cosa non la permetterà mai. Anche dovesse mettersi contro la Dea in persona. Anche a costo di uccidere quei due naufraghi bugiardi.

Ma Fredo non è un uomo capace di uccidere a sangue freddo. Persino quando va a pescare i pesci che si dibattono sulla sua barca gli fanno tenerezza. Quasi li ributterebbe in mare, ma poi si trattiene. È la natura, si dice tra sé. Quei due invece non è sicuro che siano parte del Creato. Sembrano di carne e ossa come loro ma nei loro sguardi c'è qualcosa di innaturale. Così, anziché ucciderli subito, Fredo decide di metterli di nuovo alla prova. Questa volta una prova durissima. Ma prima ne parla con Cleva, la sua compagna.

"Senti Cleva, e se provassimo a farli perdere sull'isola?", le dice.

Cleva lo guarda con stupore.

"Perderli? Non capisco cosa intendi…", risponde lei.

"Dobbiamo portarli in perlustrazione sull'isola, giusto? Li condurremo dall'altra parte, dopo un lungo giro e quando meno se lo aspettano fuggiamo e li lasciamo lì da soli. E vediamo come se la cavano. Se dopo un paio di giorni non li vediamo tornare, andiamo di nuovo a cercarli noi..."

"Ma perché vuoi fare questo, Fredo? Non ti capisco...", chiede Cleva sempre più perplessa.

"Stanno succedendo troppe cose strane, sulla nostra isola, Cleva. Non lo capisci? Quei due non sono venuti qui per caso. Sono arrivati qui perché dovevano arrivare esattamente qui, per uno scopo preciso..."

"Cercare l'altare della loro Dea!", esclama Cleva.

"No! Quello è solo il pretesto. Quei due vogliono impadronirsi dell'intera isola!"

"Come fai a dirlo?"

"Hai visto i lampi che emette l'altare?"

"Certo che li ho visti, non sono mica cieca."

"E non pensi che quei lampi siano frutto di una divinità più potente di noi?"

"Certo che sì!"

"E non pensi che questi due potrebbero essere dei sacerdoti in grado di usare la potenza della divinità?"

"Ma la Dea parla a me! Non a loro!"

"Sì, ma né tu né io siamo in grado di comprendere veramente ciò che dice. Loro due invece sembra di sì. Chi ci assicura che quei due non vogliano impadronirsi dei poteri della Dea per usarli contro di noi?"

Cleva pare riflettere. I dubbi di Fredo non la convincono molto, ma neanche lei sa dare delle risposte convincenti a tutte le sue domande.

"Va bene. Facciamo come dici tu. Portiamoli dall'altra parte dell'isola e lasciamoli lì per un po'…"

Fredo la guarda intensamente.

"Io difenderò te e quest'isola a qualunque costo, Cleva", le sussurra.

Cleva lo accarezza.

"Lo so", gli risponde semplicemente.

"Animo! Partiamo", grida Fredo ai due estranei.

SexUno e SexDue si alzano in piedi. Sembrano ben disposti e sorridenti. Anzi, quasi felici.

"Dove andiamo?", dice SexUno.

"Vi facciamo conoscere l'isola. Andiamo a cercare l'altare della Dea…"

"Non deve essere molto lontano. Ho sentito delle voci stamattina presto quando mi sono svegliato…", sentenzia SexDue.

Il tono dell'uomo-robot sembra alquanto deciso, ma Fredo cerca subito di dissimulare bene la cosa.

"Le ho sentite anche io, ma ti sbagli. Secondo me non erano così vicine. Conosco bene l'isola e qui attorno non ci sono posti in cui l'altare possa essere nascosto. L'hai visto anche tu. Qui c'è solo la spiaggia. Se fosse qui lo avremmo visto subito. E le voci possono in realtà essere state portate dal vento, amplificate dall'eco del mare…"

SexDue si volta a guardare Cleva.

"Per quanto dovremo camminare, allora?", chiede l'uomo-robot

"Abbastanza, temo. Vedi, l'isola è fatta in un modo strano: è a forma di stella marina. Noi siamo all'estremità di una delle sue punte, quindi dovremo prima tornare verso il centro dell'isola e poi percorrere tutte e cinque le sue punte, una ad una…"

SexUno e SexDue sgranano gli occhi.

"Ma così impiegheremo un mucchio di tempo e fatica!!", si lamenta SexUno.

"Proprio non c'è un altro modo per perlustrare l'isola?", chiede SexDue.

"Se fossi un gabbiano potrei provare a volarci sopra. Ma non sono un gabbiano…", dice sornione Fredo.

"Già… Neanche noi", risponde a denti stretti SexDue.

"Allora basta discutere. Volete riavere l'altare sì o no? Seguiteci e vedrete che lo troveremo", dice Cleva chiudendo la bocca a tutti.

Nel laboratorio Hif erano tutti al lavoro, non volava una mosca, se non fosse stato per quell'insetto nero poggiato sul tasto di avvio del programma che Gig stava usando per comunicare con SexUno e SexDue. "Ma guarda sta mosca!", diceva Gig scacciandola con un gesto della mano. "E infatti, a me è proprio saltata al naso. Guarda qui", si esprimeva Linda, mostrando a Gig la lisca di informazioni preparata da Rik. "Le informazioni si innescano sulla struttura e la fanno funzionare. In fondo funzioniamo così anche noi umani…"

"Siamo pronti per il collegamento.", riferiva Rik ai suoi colleghi. "Siamo in contatto con i due robot, verifichiamo sul monitor le reazioni degli abitanti dell'isola" – comunicava Gig.

Linda cominciava la conversazione cercando di colpire la psicologia dei due robot. Solo loro potevano ascoltare singolarmente ciò che diceva:

"SexUno che stella sei?"

"Definisci stella", rispondeva a voce alta SexUno.

"Ma che devo definire! Te l'ho già detto l'isola è a forma di stella!", si voltava Cleva

Intanto SexDue rispondeva al suo simile "Si definisce stella un corpo celeste che brilla di luce propria"

"Si, noi da qui le vediamo benissimo" – diceva Fredo.

Intanto Tor monitorava la conversazione e si intrufolava con un'onda artificiale nella comunicazione del laboratorio Hif con SexUno e SexDue:

"SexDue che uomo sei?"

"Definisci uomo", rispondeva SexDue.

"Ce l'hai con me? definisco, definisco, le stelle si vedono chiaramente" – rispondeva Fredo.

Linda, Gig e Rik non rilevavano l'onda di Tor e non si accorgevano della sua intromissione nella conversazione.

"Uomo è un essere di sesso maschile" – diceva Tor.

"Sono un uomo robot" – rispondeva SexDue.

"Mi fa piacere – rispondeva Cleva – io sono una donna isolana. Dove si trova Robolandia?"

"Non sono un corpo celeste, sono un corpo rosa" – replicava SexUno.

"È vero! Sei rosa! Si vede solo con i raggi del sole che ti colpiscono di traverso!" – diceva Cleva.

"Anche il mio serpente che porto sui seni è rosa, siamo uguali!"

"Sono una figura a doppio riflesso, e tu?" – domandava SexUno a Cleva.

"Boh?! Fredo dice sempre che ogni tanto rifletto anch'io".

Dopo due ore di cammino Fredo da l'alt.

"Perché ci fermiamo? Siamo arrivati?", chiede SexUno.

"No, non ancora, ma dobbiamo riposarci. Il cammino è ancora lungo", risponde Fredo.

SexDue si guarda intorno. Sono a ridosso di una spiaggia, con attorno un folto bosco di alberi e vegetazione che non conosce.

"Perché proprio qui?", chiede.

"Non ti piace? Qui il mare è molto pescoso. Ci fermiamo a mangiare. Peschiamo qualcosa e lo arrostiamo. Sai accendere il fuoco, tu?", propone Fredo.

"Definisci arrostiamo."

Fredo allarga le braccia.

"Arrostire è bruciare il pesce sul fuoco. Il pesce è più buono se bruciato sul fuoco. Però prima bisogna pescare il pesce e accendere il fuoco. Io pesco il pesce e tu accendi il fuoco.

Niente pesce, ma fuoco sì, tu bruciare niente. Niente fuoco ma pesce sì tu mangiare pesce crudo. Tu accendi fuoco e io pesco pesce noi mangiare tutto buono..."
"Ma come parli??", lo deride Cleva.

"Senti, questi due non sanno fare un bel niente. Insegnagli a raccogliere la legna e ad accendere il fuoco, io intanto vado a pescare.
"Posso venire con te?", chiede SexUno.
Fredo e Cleva si guardano un istante.
"Sì, dai. Tu andare con Fredo a pescare e io andare con Cleva a prendere legna per fuoco", approva SexDue.
Cleva fa cenno di sì con il capo a Fredo per tranquillizzarlo. Fredo alza lo sguardo verso il bosco fitto, poi si volge a fissare l'orizzonte scintillante del mare. La faccenda non gli piace, ma ponderando i pro e i contro alla fine si decide a correre il rischio. In fondo, pensa, in questo modo potrebbe strappare qualche informazione utile a SexUno.
"D'accordo. Non impiegateci troppo, però, Cleva. Vi guarderò dalla barca, e se non vi vedo tornare sulla spiaggia in tempo utile torno indietro e vengo a cercarvi", sentenzia.
"Di che hai paura? Andiamo solo a prendere della legna. So bene come si fa", lo stuzzica Cleva.
Fredo, interdetto, guarda SexUno, che intanto lo ha preso per mano.
Cleva sembra non fare una piega.
Fredo per la prima volta da quando sono apparsi i due esseri è confuso. Non sa chi essi siano, cosa vogliono, chi li ha mandati. Non sa più perché li ha portati lì in quella baia,

e non sa se abbandonarli o se fidarsi di loro. Non capisce più i desideri di Cleva né i suoi. Ha fame e non ha fame, ha sete e non ha sete, si sente bruciare la pelle dal sole e sente freddo. Avverte però che qualcosa non va. Sta accadendo qualcosa di strano, sulla loro isola, e tutto il suo mondo ormai non è più come lo immaginava lui. Esiste un mondo semplice, fatto di mare e cielo, e un mondo più lontano che lo sta invadendo. Arrostire due sarde sul fuoco non basterà a placare la fame degli Dei di quell'altro mondo.

"Sta attenta, Cleva", le raccomanda.

"E tu torna presto. Ho fame", risponde lei guardandolo negli occhi.

Non sa perché, ma quello sguardo lo rassicura un po'. Cleva non mostra paura alcuna, e sembra sapere bene cosa fare.

Fredo annuisce, e va verso la riva trascinandosi dietro SexUno, che lo segue come un agnellino.

Anche Cleva fa allora per voltarsi e dirigersi verso il bosco, ma SexDue la ferma, posandole una mano sulla spalla.

"Perché volete distruggerci?", le chiede fissandola senza un'ombra di emozione.

Cleva impallidisce.

"Definisci distruggere", risponde lei cercando di mantenere il sangue freddo.

"Noi siamo stati creati da Linda e i suoi collaboratori e siamo stati mandati qui per recuperare il suo altare, come lo chiamate voi. Quell'altare è più importante di quello che voi pensate. Voglio svelarti un segreto, Cleva. Quello non è un altare. È uno stupido oggetto del futuro arrivato qui

da voi per caso. O forse per volontà del destino. Forse è la volontà davvero degli Dei quella di far incontrare gli esseri umani del futuro e del passato. Quell'altare dimostra che c'è un collegamento tra lo spazio e il tempo, capisci Cleva? Noi dobbiamo ritrovare assolutamente quell'oggetto. Dobbiamo capire se è possibile riportarlo indietro nel tempo. Cioè, riportarlo in avanti. Capisci? Se non ci riusciamo, neanche SexUno ed io potremo mai tornare da dove siamo venuti. Noi siamo qui in pace. Non vogliamo farvi del male alcuno, ma il tuo uomo, il tuo Fredo ci tratta come dei nemici. Ci trattate tutti e due come degli stupidi. SexUno ed io siamo metà uomo, metà donna, e metà robot, ma non siamo stupidi. Vuoi fidarti almeno tu una volta di me?"

Cleva mentre SexDue parla trova che ciò che dice è di una purezza e di una semplicità commoventi. Cleva per la prima volta trova SexDue misterioso e affascinante.

"Che farete se non riuscirete a portare in avanti nel tempo l'altare?", gli chiede.

"Ci riusciremo. Linda e i suoi collaboratori sono già in contatto con noi. Dobbiamo solo trovare quella dannata lavatrice che si è persa nello spazio e riallineare la sua fonte di energia con la trasmissione delle radiazioni. Linda ci dirà come fare. Ma dobbiamo fare in fretta. Non abbiamo moltissimo tempo. C'è già qualcun altro sulle nostre tracce…"

"Qualcun altro??", si incuriosisce Cleva.

"Sì, Linda teme che Tor stia pensando di sfruttare il canale che si è creato artificialmente nell'universo per muoversi avanti e indietro nel tempo e conquistare il passato."

Cleva non crede alle sue orecchie.

"Tor?? Linda??? Ma allora Fredo ha ragione! Volete conquistare l'isola!"

"Non noi. Non noi, Cleva, te lo giuro! Noi anzi stiamo facendo di tutto per salvarla. È Tor che si sta intromettendo nel nostro progetto di recupero della lavatrice. Quell'oggetto è la cosa più stupida del mondo, serve solo a lavare panni e mutande, ma l'energia che hanno usato per azionarla ha bucato lo spazio fisico e ora è tutto diverso. Quella lavatrice è diventata un'arma potentissima, Cleva."

"Una lavatrice??"

"Sì, è così che si chiama. Lava-trice. E invece ora è più pericolosa di una bomba nucleare. Se Tor e i suoi amici la trovano e se ne impossessano prima di noi è la fine per tutti. Invieranno qui carri armati, aerei, missili, truppe... e invaderanno tutto il passato, tutte le civiltà. Non avrete più scampo. E forse nemmeno noi del futuro. Lo riesci a comprendere questo, Cleva? È per questo che Linda ci ha mandati qui da voi due. Ma tu e Fredo non ci state affatto aiutando. Ci state solo prendendo in giro. La lavatrice non è qui, non è vero? È rimasta lì da voi, vicino la vostra grotta. È così?"

SexDue si era accalorato, e aveva detto cose per Cleva incomprensibili. Missili, bombe nucleari, carri armati... Però la funzione della lavatrice ora l'aveva capita. Con un gesto spontaneo si toglie il reggiseno di dosso e lo porta al viso. Lo annusa.

"È sporco!", dice.

SexDue la fissa negli occhi.

"Sì, è sporco. Lo hai portato addosso già per troppi giorni. E ora deve essere lavato."

"Deve essere lavato. Con la lavatrice!", ripete Cleva come una scolaretta che ha scoperto di essere brava in matematica.

"Sì, con la lavatrice...", le sussurra amabile SexDue.

Cleva allora allunga il braccio con il reggiseno in mano e lo offre a SexDue.

"Prendilo tu. Fammi vedere come si fa a lavarlo", gli chiede.

"Devi prima riportarci indietro, Cleva, e dirci dove avete nascosto la lavatrice di Linda."

"Fredo non vuole."

"Sì che vorrà. SexUno sta spiegando anche a lui queste stesse cose che io sto dicendo a te."

"Ah sì?", dice sorpresa Cleva.

"Voi due siete molto affezionati l'uno all'altro, e stando insieme non avremmo mai potuto convincervi a fidarvi di noi..."

Cleva si irrigidisce all'improvviso.

"Ah, è così? Ci avete divisi apposta per imbambolarci meglio?", sibila risentita. Tutto il fascino di SexDue è svanito di colpo.

"Ragiona, Cleva. Voi due dovete crederci, altrimenti non avrete scampo. SexUno ed io siamo solo due robot. Due macchine senza emozioni. Tu e Fredo invece siete una donna e un uomo con ancora una lunga vita davanti. SexUno ed io una volta portata a termine la nostra missione saremo smontati e riutilizzati per altri scopi. Voi due invece sarete *liberi di continuare a vivere su quest'isola. Sempre che Tor non vi trovi prima lui. Devi deciderti, Cleva…"*

Cleva riflette.

"E se SexUno non è riuscita a convincere Fredo? Io quell'uomo lo conosco. È un mulo. Non ce la fai a convincerlo facilmente."

"Definisci mulo", chiede SexDue.

Cleva sorride.

"Mulo è un animale a metà. È figlio di un asino e di una cavalla. È un animale grigio, ruvido, forte e cocciuto come la pietra. E…"

Cleva si ferma di colpo. Rabbrividisce. Sgrana gli occhi e si stringe improvvisamente a SexDue, che non capisce quello che sta accadendo.

"Che cos'è?? Che cos'è quello???", urla fissando lo sguardo verso il bosco.

SexDue si volta a guardare anche lui e gli occhi gli si gelano.

"Non mi avete detto che ci sono le tigri su quest'isola!"

"Tigri? Non so che cosa sono! Non ho mai visto quell'animale prima!", si dimena lei cercando di scappare.

SexDue però la blocca.

"Stai ferma qui! Non ti muovere! Se corri ti attaccherà. Se stiamo fermi immobili forse non ci aggredirà."

Intanto la tigre è ormai uscita completamente dal bosco e avanza lentamente verso la spiaggia digrignando i denti minacciosa ma tenendosi a distanza da loro, senza perderli d'occhio.

"Brutto segno, questo", mormora SexDue.

"Brutto segno perché?", chiede Cleva stringendosi di più a lui.

"È strano che una tigre si trovi qui, su quest'isola in mezzo al Mediterraneo. Non è il suo habitat. Non dovrebbe trovarsi qui. Questo può voler dire solo una cosa. Il buco nello spazio si sta allargando. Presto Tor o qualcun altro lo scoprirà, e ne approfitteranno. Dobbiamo trovare quella dannata lavatrice. Subito."

"Sempre se non siamo prima sbranati da quella belva feroce", si ammansisce Cleva.

Il giornale quotidiano era fuori della porta. Linda stava per raccoglierlo e già leggeva il titolo di prima pagina: "Lavatrice scomparsa nel passato". Trasaliva. Lasciava stare il caffè e leggeva avidamente l'articolo. Non si nominava la Ditta Hif, ma veniva citato il nome del prototipo WM-R. Erano pubblicati tutti i dati che verificavano la presenza della lavatrice su un'isola del 300 a.C.. Linda deduceva che qualcuno aveva avuto accesso alla rete della ditta.

Mentre si apprestava a raggiungere il laboratorio, il suo pensiero era rivolto a Tor: quella telefonata ricevuta dal giornalista di Bravo Daily in sua presenza non l'aveva convinta per niente.

"Ragazzi! Guardate qua!", diceva Linda porgendo il giornale a Gig e Rik.

"Cosa sta succedendo???".

"Abbiamo appena rilevato una tigre sull'isola! E non è il suo habitat!", rispondeva Gig dopo aver letto il titolo di prima pagina. "Sono stati pubblicati tutti i dati informatici che verificano la presenza della lavatrice nel passato.

Gig metteva in contatto Linda con i due robot. "Cosa sta succedendo SexDue?" domandava Linda. "Finalmente ti riconosco, Linda! C'è una tigre venuta dal nulla, Cleva ha paura!", rispondeva SexDue.

Intanto un'onda energetica si schiantava sul laboratorio. La sua potenza era moltiplicata dal campo elettromagnetico delle due colline che formavano un triangolo equilatero con l'edificio dove risiedeva la Ditta Hif. L'onda provocava un black-out degli strumenti.

"Non c'è più tempo. Dobbiamo sbrigarci", avverte SexDue.
"Cosa dici? Perché non c'è più tempo? Tempo per cosa?" chiede Cleva, come imbambolata.
"Torniamo alla spiaggia. Dobbiamo avvisare il tuo Fredo e SexUno. Tra poco quest'isola sarà un campo di battaglia."
"Campo di battaglia? Tra chi? Per cosa?"
"Possibile che ancora tu non l'abbia capito, Cleva? Su quest'isola sta per scatenarsi l'inferno. Quella dannata lavatrice piovuta qui ha creato un buco nell'Universo, altro che fare solo il bucato! Ma quel che è peggio è che c'è qualcuno molto avido e senza scrupoli che vuole approfittare di questo buco. Tu non ti rendi conto assolutamente di quello che Tor vuole fare. Se egli conquista quest'isola, nel tempo passato, potrà cambiare tutte le sorti del mondo a suo piacimento. È sempre stato il sogno degli uomini, quello di

poter cambiare il destino delle cose. Cambiare il futuro. Ci pensi? Sono sicuro che tra pochissimo, dopo la tigre, vedremo comparire qui dei soldati equipaggiati di tutto punto. Dovete impedirlo, Cleva. Dovete assolutamente impedirlo!"

"Noi? Perché noi?? Siete voi che avete combinato tutto questo bel guaio. Tocca a voi rimediare!", lo rimprovera Cleva.

SexDue la guarda scuotendo la testa. Prova qualcosa, SexDue, per questa donna ostinata e selvaggia, ma non sa come convincerla.

Intanto Fedro e SexUno li hanno raggiunti. Hanno visto tutto, da lontano, e si sono affrettati a riguadagnare la riva. Fredo e Cleva si abbracciano, mentre SexDue e SexUno si guardano attorno.

"Diteci dov'è l'altare, prima che sia troppo tardi!", li rimproverano.

Fredo rimane ostinatamente in silenzio, ma Cleva gli fa cenno di sì col capo.

"Diglielo. Sono venuti qui per aiutarci, non per distruggerci...", gli dice.

Fredo osserva la spiaggia. Della tigre non c'è più nessuna traccia.

"È in una caverna nascosta. Ma dobbiamo tornare indietro."

"Beh, era ora!", esclama SexDue.

Le quattro figure si mettono in marcia, con Fredo in testa, e per alcune ore sembra non accadere più nulla.

Arrivati a qualche centinaio di metri dalla caverna in cui è nascosta la lavatrice, SexUno tocca il braccio di SexDue e lo blocca, indicandogli un punto lontano.

"Sono già qui!", esclama SexDue.

Cleva e Fredo si voltano a guardare anche loro, ma non capiscono. Quello che vedono li atterrisce, ma non sanno cosa pensare.

"Che cos'è?", chiede Fredo.

SexDue scuote lentamente la testa.

"È un blindato. È un avamposto. Ci stanno cercando, evidentemente. Dobbiamo arrivare assolutamente alla lavatrice senza che ci vedano. Sbrighiamoci!"

Fredo li porta davanti alla caverna, rivela loro il passaggio e li accompagna dentro.

La lavatrice, con stupore di Cleva, è illuminata al massimo grado. Emette un'intensissima luce azzurra, e sembra rovente.

SexUno si avvicina e la tocca, posando la mano sulla sua superficie.

"220 Gradi, sembra un forno", dice a SexDue.

"L'energia accumulata su quest'isola la sta surriscaldando. Per ora è protetta dalla pietra di questa caverna, ma Tor a breve rileverà la fonte delle radiazioni. Dobbiamo disattivarla, o sarà la fine per tutti!", rivela SexDue.

Un immenso boato esplode fuori della caverna, tanto forte che Cleva si tappa le orecchie con le mani.

"Cos'è stato?", chiede Fredo.

"Temo di saperlo", risponde SexUno. Fuori, infatti, sulla spiaggia le truppe di Tor si stanno radunando, assiepando-

si sempre più. Centinaia di uomini bardati di tutto punto per la guerra e decine di carri armati si stanno disponendo a semicerchio attorno alla caverna. Hanno individuato con i loro sensori termici la fonte di calore e radiazioni catalizzate dalla lavatrice di Linda e hanno sparato un colpo di avvertimento.

Cleva sembra terrorizzata, mentre Fredo guarda ammutolito SexDue.

"Che possiamo fare? Tor a momenti ci attaccherà! Ci ha scoperti!", dice SexUno.

"Va bene! Esco io per primo!", si offre Fredo.

"E cosa pensi di fare, scemo? Vuoi combattere a mani nude contro i cannoni?", lo rimprovera SexDue.

"Aspettate, io ho un'idea migliore!", dice improvvisamente Cleva.

Tutti la guardano, senza capire.

"A cosa serve una lavatrice?", chiede.

SexUno alza gli occhi al cestello incandescente di energia che hanno accanto.

"A pulire reggiseni e mutandine", sospira.

"E allora usiamola per questo! Mi è venuta un'idea folle! Toglietevi tutto, e mettete i vostri vestiti dentro la lavatrice, presto!!", propone.

Fredo la guarda con sospetto. Non gli va proprio di togliersi le mutande davanti a tutti. E poi non comprende a cosa possa servire. Non comprende soprattutto perché lavare pochi stracci in quel dannato affare potrebbe salvarli dagli effetti del tuono minaccioso che ha udito prima di uscire dalla bocca del carro armato di Tor. Si rende conto benissi-

mo di cosa può fare una macchina che è in grado di creare un boato simile.

SexDue invece all'improvviso si illumina.

"Deviazione di energia!", esclama.

Cleva sorride.

SexUno sgrana gli occhi, come se avesse realizzato anche lei un pensiero preciso.

"Fate capire qualcosa anche a me, per favore?", chiede Fredo.

"È semplice. Divinamente semplice!! – gli risponde SexUno. Cleva forse ha trovato un'idea geniale. La lavatrice sta in questo momento catalizzando su di sé tutta l'energia che ha permesso a Tor di arrivare fin qui con le sue armi e i suoi soldati sfruttando la scia di radiazioni che mette in comunicazione il futuro con il passato. Cioè con noi. Se distogliamo però questa energia dalla lavatrice forse potremmo interrompere la comunicazione che si è creata attraverso il buco spazio-temporale. E come distrarre una lavatrice a fare una cosa che non deve fare, se non facendole fare la sola cosa per cui è stata in realtà progettata?"

Fredo sorride. Finalmente ha capito, e senza pensarci due volte si toglie il panno che gli avvolge la vita.

SexUno gli dà appena una sbirciata, e poi si leva anche lei tutto quello che ha addosso, seguita da SexDue e infine da Cleva, suscitando per un attimo ancora un moto di gelosia da parte di Fredo.

Raccolti gli indumenti, SexDue li offre a Cleva.

"Tocca a te – dice. Sei tu la padrona di casa. Mettili tu nel cestello, e che tutte le divinità della Terra ci aiutino!"

SexUno intanto ha aperto l'oblò della lavatrice, ormai arrivato quasi alla temperatura di fusione, e guarda fiduciosa Cleva.

Sono tutti e quattro nudi come vermi, ma nella caverna ormai fa quasi un caldo insopportabile. Fredo sta sudando, mentre SexDue comincia ad avere un riverbero opaco negli occhi.

Fuori si sente una voce roca gridare da un megafono.

"Venite fuori, o entriamo noi! Non vi faremo alcun male. Vi diamo un minuto, non di più". È la voce di Tor, ormai sicuro di sé. Sta per conquistare quell'isola deserta nel passato, e con essa la Terra, il Cielo, il Tempo, e forse l'Universo. Si sente già quasi un dio.

Ma ha fatto male i suoi calcoli. Tutti, hanno fatto male i loro calcoli.

La Terra, il Cielo, il Tempo, l'Universo non sono entità solitarie e stupide. Sono la Creazione. Sono ciò di cui è fatta la materia stessa. Sono essi stessi energia. Sanno di che pasta sono fatte tutte le cose.

Appena Cleva infila i loro vestiti nel cestello della lavatrice di Linda accade l'impensabile.

Quell'isola era un vulcano, un tempo remoto. Anzi, lo è ancora. E tutta quell'energia accumulata dentro di esso lo ha risvegliato.

Un boato immane, centinaia di volte più forte di quello del cannone di Tor, esplode all'improvviso.

Una colonna altissima di fumo e lava spinta in alto dalle viscere dell'isola scompagina l'esercito di Tor appostato fuori della caverna. Lapilli incandescenti ripiovono sui sol-

dati, sui carri armati, sui blindati. È l'inferno che SexDue temeva, ma non nel verso che intendeva lui. È un inferno che è anche una salvezza. L'isola intera sta esplodendo, di nuovo, come aveva sempre fatto in passato, ma stavolta la sua forza è stata moltiplicata all'infinito. Di essa a breve non rimarrà quasi più niente. Della sua forma originaria a stella resteranno pochi scogli affioranti sul mare. Uno di essi sembrerà una specie di nave con la poppa semi affondata. L'altro pezzo, quello dov'era stata nascosto l'altare caro agli dei del futuro, da lontano sembrerà una specie di arco sospeso sulle acque.

Di Tor e del suo esercito non rimane niente. Spazzato via, letteralmente.

"Lavatrice nelle mani di Fredo e Cleva". Titolava Bravo Daily. "Il prototipo WM-R della ditta Hif è nelle mani di una coppia di abitanti di un'isola del 300 a.C." Linda leggeva il titolo del giornale a bocca aperta: erano pubblicati tutti i dati che riguardavano lo spionaggio del sistema informatico della ditta, c'erano le specifiche dei due robot e del loro viaggio nel passato e persino del gossip sui due abitanti dell'isola. Era opinione del giornale che un reggiseno non poteva essere indossato da una donna di quell'epoca, in quanto ostacolava gli istinti sessuali dell'altro sesso.

Intanto si cercava di risolvere il black-out degli strumenti: Gig sapeva che l'onda impattante sul sistema provocava un campo elettromagnetico sul quale era possibile agire tramite il suo pc-phone. Infatti, Rik direzionava l'energia agli strumenti, che ricevuto un nuovo input si ripristinavano. Rik e Gig potevano così analizzare tutti i dati dell'intromissione nel sistema informatico. Ne ricavavano che le credenziali di accesso erano uscite dal laboratorio e risalendo a ritroso nel percorso delle informazioni, l'origine risultava il computer di Tor. A Linda era ormai chiaro chi fosse quel ragazzo, tanto affascinante quanto ambiguo: l'attacco agli strumenti della ditta Hif era opera sua.

Tor nel suo appartamento sferrava un pugno sulla scrivania, dove il giornale Bravo Daily aperto realizzava il fallimento del suo piano di vendere il prototipo ad un'azienda concorrente alla ditta Hif. "Ormai l'isola è distrutta, ma è il potere che voglio: controllare cose e persone in mio possesso. Mi impadronirò dei due abitanti del passato e li venderò al Power Circus".

Tor si apprestava a mettersi in collegamento con la sua tigre sull'isola. La rilevava su degli scogli dove, seduti nelle vicinanze c'erano Fredo e Cleva. Comandava alla tigre di aggredirli e bloccarli sotto il suo corpo, per trasportarli tutti e tre nel futuro. Non aveva ancora il potere sui due abitanti ma l'avrebbe avuto presto. La tigre si avvicinava minacciosa alla coppia. *"Cleva, stai dietro di me!" – Fredo si posiziona davanti alla sua donna per proteggerla. Ma Cleva ha un'idea: un pezzettino di terra è rimasto intatto adiacente agli scogli.*

Cleva individua il fiore del poeta e dopo averlo raccolto lo porge alla tigre. Le onde del fiore erano note per avere la capacità di agganciarsi alle onde cerebrali degli esseri, così il fiore faceva da tramite tra le onde cerebrali della tigre e quelle di Cleva. Riuscivano così ad ammansire la tigre che si accucciava a terra e si lasciava accarezzare. "Che succede???! No!" – esclamava Tor – "Non è possibile, persa anche questa! Ho capito, mi do all'ippica!"

Gig, Rik e Linda monitoravano le vicende sull'isola e ad un certo punto il segnale della lavatrice era visibile sui monitor. "La rileviamo!" – riferiva Gig. "Dopo l'esplosione dell'isola l'energia del prototipo è stata liberata, perciò la vediamo di nuovo" – specificava Rik. "La riporteremo indietro!" – esclamava Linda – "Mettiamoci in contatto con i nostri robot".

"Qui SexUno, siamo su una zattera, diretti all'isola più vicina".

"Vivremo di pesca e coltura, ci piace questa epoca" – diceva SexDue. "Possiamo farvi ritornare nel futuro, avrete un upgrade" – rispondeva Linda.

"Qui possiamo esprimere il nostro essere, siamo ok, grazie per averci inviati nel passato. " – diceva SexUno mentre remava e con emozione guardava il suo compagno.

Fredo, ormai la nostra isola è esplosa. Che ne pensi del mondo di SexUno e SexDue? Perché non ce ne andiamo lì?" domanda Cleva. Fredo riflette sulla domanda della sua donna e si ricorda che SexUno l'ha affascinato con la sua realtà. "E va bene! Come facciamo?" – A Fredo dispiace lasciare l'isola ma Cleva ha ragione, ormai dopo tutte quelle vicende sono cambiati entrambi.

"Andiamo all'altare!" – Cleva è proprio convinta di partire. Dopo essere rimasta sull'isola, dopo che tutti, ma proprio tutti erano partiti, ora lascia l'isola per il mondo del futuro. L'altare è ancora nella grotta di cui è rimasto ben poco. I due abitanti sono lì con la tigre al seguito. Cleva mette la testa dentro l'occhio: "C'è nessuno???" – urla.

"Eccomi, sono Linda"

"Dea, senti, ma possiamo andare nel mondo di SexUno e SexDue?" – domanda Cleva".

Linda si voltava verso i suoi colleghi. Gig e Rik dopo un momento di riflessione facevano spallucce. Linda sorrideva e scuoteva la testa.

"Se volete sì! Siediti sulla lavatrice" – rispondeva Linda.

Cleva ricorda che SexUno una volta l'aveva chiamata così. Tutta emozionata si siede sull'altare sistemandosi il suo serpente sui seni. A Fredo ciò gli ricorda qualcosa, si inginocchia davanti a lei tendendola per mano, accarezzando la tigre.

"Siamo pronti per la collisione" – si rivolgevano Gig e Rik a Linda. Un'onda dal futuro si agganciava alle onde del reggiseno, che si agganciava a Cleva e a Fredo e alla tigre.

Nel laboratorio c'è abbastanza spazio per tutti e sei. "Benvenuti!" – interloquisce Linda. "Dea!!! Sei tu! Ti ho riconosciuta dalla voce! "Ma fammi vedere, anche tu hai il serpente sui seni!", si esprime Cleva spostando un po' la camicetta di Linda – "Ne posso avere un altro? Mi piace così tanto!". "Potrai averne quanti ne vuoi in questo mondo" – risponde Linda. Fredo si avvicina al monitor-touch dove Rik sta lavorando: "Cosa fai?", domanda – "Sto individuando dati", risponde Rik toccando lo schermo con le dita". "Anche io individuo pesci nel mare" – risponde Fredo – "quindi stai pescando queste cose che si chiamano dati?" Rik gli sorride: "una specie". La tigre intanto sgattaiola fuori dal laboratorio e scende in strada. Dopo un primo momento di spavento le persone capiscono che la tigre è docile e la lasciano vivere tranquilla insieme agli altri animali.

Un anno dopo

Fredo ha in mano la fotografia di Cleva con il nuovo reggiseno della Beltet. All'inizio era geloso di quelle immagini che si chiamano fotografie e di quel tipo che le sta davanti con quel coso che si chiama macchina fotografica, ora però è orgoglioso della sua Cleva che fa da modella per l'azienda Beltet che vende reggiseni. Prende la foto e la appende accanto alla sua con l'octopus più grande del mondo pescato con le sue mani.
Intanto Tor gioca ai cavalli, all'ippodromo.
Ce n'è uno che si chiama Cleva. Tor sta per svenire: "Noooo!"

Torino - Formia
8 Ott 2014

Ideazione di *Roberta Franz*
Testi di *Roberta Franz* e *Giuseppe De Renzi*

ISBN 9788898470228

Copertina: disegno di Roberta Franz

www.ingramcontent.com/pod-product-compliance
Lightning Source LLC
Chambersburg PA
CBHW030355180626
46812CB00007B/2900